彼岸

◉高行健／著

高行健戲劇集 004

編輯說明

一、本系列為高行健先生在台發行最完整之戲劇作品集，收錄包括《車站》、《絕對信號》、《野人》、《彼岸》、《冥城》、《聲聲慢變奏》、《山海經傳》、《逃亡》、《生死界》、《躲雨》、《對話與反詰》、《夜遊神》等十三個劇本，計分十冊出版，所收依照時序排列，包括一九八二年的《車站》到一九九九年的《夜遊神》，其中除《彼岸》、《冥城》、《山海經傳》、《逃亡》、《生死界》、《夜遊神》、《對話與反詰》、《聲聲慢變奏》等曾收錄於帝教出版社所出版之「高行健戲劇六種」外，其餘均為首次在台出版。

二、本書內容均經作者重新審定修改，允為高行健戲劇集之定本。

三、各劇本之末均附作者對演出的建議與說明，供演出時參考之用。

四、本戲劇集每冊均收錄〈要什麼樣的劇作〉，闡述作者之戲劇理念，俾便讀者閱讀劇作時參考。

五、本戲劇集每冊亦均收錄高行健創作年表。

目次

【高行健戲劇集】

彼岸

抒情喜劇

高行健／圖

時間

說不清、道不明

地點

從現實世界到莫須有的彼岸

人物

玩繩子的演員

玩牌的主

賣狗皮膏藥的

女人

少女

瘋女人

模特兒

人
少年
影子
心
母親
父親
禪師
老太婆
看圈子的人
演員們
衆人

11 彼岸

（在劇場或是大廳裡，排演場或是空的庫房，體育館或是廟裡的殿堂，玩馬戲的帳篷裡或是一片空場子上，只要能安上必要的燈光和音響設備，就可以演出此劇。演員們在觀衆之中，或是觀衆在演員之間，都一個樣。）

玩繩子的演員：我這裡有一條繩子，我們來做個遊戲，認認眞眞，像孩子們在玩耍。我們的戲就從遊戲開始。

好，我請你拿住繩子的這一頭，那麼，我們之間，便建立了一種聯繫。這之前，我是我，你是你。有了這條繩子，你我就聯結在一起。

現在你我分別向兩邊跑，你牽扯住我，我也牽制你，像拴在一根繩子上的一對螞蚱，誰也跑不了。

當然，又像是一對夫妻。（停頓）不過，這比喻不好。

我要是把這根繩子拉緊呢，那就看誰的力氣大。誰大誰拉人，誰小誰就被人拉，又成了拔河，力量強弱的一種較量，於是便有了贏家與輸家。

我如果背上這根繩子拖你，你就成了一條死狗。你反過來操縱這根繩子呢，我便又成了驢馬，被你駕馭的牲口。因此，你我之間的關係並非一成不變。

我們還可以建立一些更爲複雜的關係。比方說，你圍著我轉，以我爲中心，你便成了我的衛星。你要是不肯圍著我轉，我也可以自轉，並且以爲你們大家都圍著我旋轉，究竟是你在轉？還是我在轉？是我圍繞你還是你圍繞我、還是你我都轉、還是你我都圍著他人轉、還是他們都圍繞我你轉、還是我們大家都圍著上帝轉。而上帝之有無又不可驗證，有的只是宇宙這個磨盤在自轉，這就從哲學又扯到科學去，我們還是繼續做我們的遊戲。

你們都可以拿根繩子，玩出種種花樣，這些花樣又難以窮盡。而人與人之間的各種關係都可以在繩子上得以體現。玩繩子就是這樣一種遊戲。

（演員們兩人一組，分別玩一根根繩子，又可以重新自由組合，或是同別的一組有短暫的聯繫，但隨即也就割斷了。這種遊戲越做越活躍，越來越緊張，越來越熱烈，並且伴隨各種招呼和喊叫。）

玩繩子的演員：請大家停下來。我們把這遊戲的規模做得更大，也更爲複雜。比方說，請你們把這幾根繩子的一端都交給我，另一端你們照樣拿在手中，那我便同你們建立起各種不同的關係，有張，有弛，有遠，有近，而你們各自的態度又分別影響我。我們每個人就都牽扯在這紛繁變化的人世間。（停頓）又像是落在蜘蛛網裡的蒼蠅。（停頓）還又像是蜘蛛。（停頓）

這繩子就像是我們的手。（他撒手，對方也撒手，繩子落在地上）又像是我們的觸角。（他撒手，對方也撒手）又像是我們的語言，你早或者你好！（又一根繩子落在地上）又像是我們的目光。（又替代了一根繩子）還包括我們的思想。（背對著對方，雙方仍有所交流）不是你思念她，便是她思念別人。（和她擦肩而過，她則又和別人對視）那一根根繩子便牽扯住我們大家。

我們看——（演員們彷彿通過一根根無形的繩子在這樣相互交流）

我們觀察——

我們注視——

於是有了誘惑與吸引——

驅使和順從——（以下演員們的表演伴之各種唏嘘和喊叫，但都不訴諸言詞）

衝突——

相親——

排斥——

糾纏——

丟棄——

跟隨——

躲避——
驅逐——
追求——
圍繞——
凝聚——
破裂——
散！
休息！
現在有一條河而不是一條繩子在我們面前，我們要渡過這條河到達彼岸。

演員們：（紛紛）啊，到彼岸去！到彼岸去！
到彼岸去！到彼岸去！到彼岸去！到彼岸去！
啊——啊——啊——
好清亮的河水！

噢，眞涼！

當心，石子扎腳呢。

眞快感！

（河水聲漸起）

把人裙子都濺濕了！

這河深嗎？

游過去！

不要單獨行動！

噢，看，陽光下那亮晶晶的水花……

眞好玩，像一道瀑布

一道壩，河水就像從壩上漫過來。

長長的一線，在河中間。

再過去，幽藍幽藍的，水可深呢！

魚兒在我大腿間鑽……

太刺激啦！

我有點兒站不住。

不要緊，你抓住我。

那兒有個漩渦——

大家互相照顧點，手牽手。

到急流中去。

到彼岸！

那彼岸誰也看不見。

拉緊，一個跟一個。

那兒的水綠森森……

噢，一下子漫過了腰！

頭都暈了。

閉上眼睛。

往前看，大家往前看，都看前面！

都看那彼岸。

我怎麼就看不見？

我們會淹死的。

那就去餵魚。

要死，大家得死在一起！

姑娘們，別說傻話，集中注意力。

這水沖力好大，順淺灘走，往上游去！

我過不去了，我肯定過不去。

彼岸在哪兒呀？

它若明若暗。

彼岸有燈光嗎？

彼岸有花，彼岸是一個花的世界。

不要作詩！我站不住了。

我怕我到不了，不要丟棄我。
你感覺到了嗎？我們在河水中漂。
就像一串軟木塞子。
又像是水草。
到彼岸去幹什麼？眞不明白。
是的，爲什麼要去彼岸？
彼岸就是彼岸，你永遠也無法到達。
但你還是要去，要去看個究竟。
我什麼也看不見。
沒有綠洲，沒有燈光。
在幽冥之中。
是這樣的……
不，我過不去了。
我們沒法——

我們必須到達！

可這又爲的什麼？

爲那固執的願望，彼岸，彼岸。

不，我過不去，我要回家！

我們已經回不去了。

都回不去了。

回不去了。

啊——！

誰？

不知道。

（寂靜，只有汩汩的流水聲）

有誰叫了一聲？你們聽見嗎？

你們肯定都聽見了，可你們誰都不回答。

（寂靜。）

這是一條死水。

有的只是遺忘。

（眾人在恍惚之中，從死水中緩緩走出來：有那麼一點音樂。眾人漸漸走到岸上，一個個筋疲力竭，躺倒在地。女人在昏暗中出現，四方逡巡，像一縷輕煙。她審視地上那些失去了記憶的人們，飄忽在他們之間，撫摸，把他們逐個喚醒。眾人漸漸睜開了眼睛，抬頭，轉動身體，望著她，想要說什麼，卻說不出來。）

女　人：（舉起手）這，是手。

（衆人含混的聲音在喉嚨裡滾動。）

女　人：這是手。

衆　人：（依然含混地）Zh……Zhai……Zhei……Sh ……She……Shao……Shou……

女　人：手——

衆　人：手……收……獸……手……

女　人：這是腳。

衆　人：Zh……Zh……Zhei……Sh……She……j……ji……jiao……

女　人：（指著自己的眼睛）眼睛。

衆　人：眼……眼……眼睛……眼睛……

女　人：（用手勢比劃）眼睛看你們自己的腳！

眾　人：（全亂了）眼睛……砍……趕走你們……自己……的……驕……傲……

（女人笑了，眾人也跟她傻笑。）

女　人：（止住笑，有些悲哀）這是手——

眾　人：這是手，這是收，這是獸，這是手……

女　人：這是腳——

眾　人：這是鳥，這是橋，這是小，這是腳……

女　人：這是身體——你的身體——

眾　人：這是身體，這是身體，這是身體的你的身體，這是你的身體是身體是這是身體你……

女　人：（搖頭，只好更加耐心用手勢比劃）我的手——我的身體——我的腳——這就是我。

眾　人：我的獸，我的手，我的身體，我的鳥，我的手的身體的腳的我的鳥的手的腳的身體這就是我的手的腳的身體就是鵝！

女　人：說，我——

眾　人：說我說我說我說我說我！

女　人：（搖頭，指自身，從眼睛到嘴到身體到腳）我。

眾　人：（總算一致了）我。

女　人：好！

眾　人：浩！號！好！毫！

女　人：（連忙撒手，想了一會，指眾人中的一位）你。

眾　人：（都指向這人）你！（這人找尋了一番，便也指向自己）你！

女　人：（搖頭。幫助他把手指向另一個）你。
眾　人：你。
女　人：（用手勢比劃）我和你。
眾　人：我和你。
女　人：（笑了）好！
眾　人：（也都笑了）好！
女　人：（音樂，加快了速度）我和他！
眾　人：我和他！
女　人：他們和我。
眾　人：他們和我。
女　人：我和你們。
眾　人：我和你們。
女　人：你和大家夥。
眾　人：你和大家夥兒——

女　人：現在，你們用眼睛看的時候也跟我說看——

眾　人：看——

女　人：告訴我，看見誰？

眾　人：（紛紛）看見他，看見你，看見我，我看見他們，他們看見你，你看見大家夥，我們看見他們……

女　人：再說撫摸，再說給，再說喜歡，再說愛，你們就不會感到寂寞。

眾　人：（都活動起來）我撫摸你，你給我，我喜歡他，他愛你，你撫摸我，我給他，他喜歡你，你愛我……

（人從眾人中出來。）

人　：你是誰？

女　人：你們之中的一個。

人　：現在在那兒？

女　人：在想到而到不了的彼岸。

人　：你就是渡河時淹死的她？（女人搖頭）那麼你是她的靈魂？（女人仍然搖頭）或是你只存在大家心裡，想念你的時候你才出現？或者，你只是一種精神，在彼岸引導大家，讓大家不至於迷失？

眾　人：（於此同時）我討厭你。

你撫摸我！

我揍你！

你恨我？

我折磨她。

他欺騙我。

你罵他！

我告發你。

你懲罰他！

他算計我。

我恨你！

你詛咒他！

我殺你……

人：（對女人）你眞仁愛。

衆人：（也紛紛轉向她，玩弄語言）

你眞慷慨。

你眞可愛。

你眞卑鄙。

他是個混蛋。

你口是心非，是個騙子。

你兩面三刀，是個無賴！

她討你好，其實打心底嫉妒你。
你太狡猾，教人語言爲的是勾引男人！
瞧你外表這樣溫柔，誰知道是不是個放蕩的女人？
她引誘我丈夫！
在咱哥們間撥弄是非。
一個叫人眼饞的娘兒們，你們看，看她那——
不能讓姑娘們跟她來往，全都得叫她帶壞！
別看她表面上一本正經，扒光了比婊子還要淫蕩。
就是她，弄得世上都不得太平，人心惶惶！

（女人退縮，衆人四面將她圍攏，他們已經被自己愈益惡毒的語言刺激得興奮了。女人在衆目注視之下無處藏身。只好求助於人，依附他。）

衆　人：（更爲激憤）

騷貨！

毒蛇！

妖精！

眞不要臉！

（女人緊抱住人不放，乞求保護。衆人都瘋狂了。）

衆　人：你們看，你們看哪！

呸！

甩掉她！

拖開她！

抓住她！

扒光她！
掐死她！這個不要臉的臭婊子！
（眾人撲上去，硬把人拖開，狂亂之中，把女人掐死了。等人擠進去，搖晃她的身體，已經沒有任何反應。眾人於是驚呆了。）

眾　人：死了。
死了？
死了？
她死了！
（連忙散開）
掐死了？

是你——

不，是他先動的手。

是你先叫的！

我只是跟著叫，你們都叫了。

誰第一個叫的？誰？

誰叫喊抓住她、扒光她、掐死她的？

誰？

大家都喊了。

我喊是因爲你喊。

因爲你們大家都喊我才喊。

可她死啦！被活活給掐死了！

我沒有殺害她。

我沒有殺害她。

我沒有殺害她。

我沒有殺害她。
我沒有殺害她。
我沒有。
我沒有。
沒有。
沒有。
沒有。
可她眞死了，死了都這麼可愛。
這麼美，誰見了都止不住會愛。
玉一般的肌膚，沒有一點瑕疵，多麼純潔。
還有那雙纖纖的小手，說不盡的溫柔。
老天爺，這簡直是一尊觀音菩薩！
多麼純潔，多麼端莊。
她給我們以語言，帶給我們智慧，卻被人殺害了！

眞是莫大的罪孽，你們這些卑鄙的人！

你說誰呢？

劊子手！你們，就是你們！

你敢汙蔑我？你這個混蛋！

你是惡棍！

你是個流氓！

（衆人之間互相廝打。）

人：還有沒有完？是你，是他，是我，是我們大家一起殺害了她！在這荒莽的彼岸，她給了我們語言，我們卻不知道怎麼珍惜。她給我們以智慧，我們又不知道該怎麼用！我們做出的事情惡劣得連我們自己都吃驚，可我們又懦弱得連自己都不敢承認。

眾　人：那你說我們怎麼辦？

我們需要個帶頭人。

一群羊還需要隻帶頭羊，我們總歸跟你走。

人：我厭惡你們，還是各走各的好。

眾　人：你別丟棄我們呀。

我們認定跟你？還不行？

人：到哪兒去？我能把你們帶到那裡？（逕自走了。眾人跟隨在他後面）別跟著我！（苦惱）連我自己要去哪裡我都不知道。（站住，茫然不知所往。眾人仍遠遠跟在後面）

（母親出現在他面前。）

母親：還記得我嗎？

人：啊，媽媽。

母親：你都快把我忘了吧？

人：（跪下）是的。

母親：（摸他頭）找個姑娘，你該成家有個歸宿了。

人：我想做些事情。

母親：你心太大啦。

人：（低頭）總也是你兒子。

母親：他們都跟隨你？你要把他們都領到那兒？

人：不知道。我只知道應該往前去，是這樣嗎？媽媽！

母親：我的好兒子。（抱住他的頭）

人：媽，你手冰涼！（驚覺）這裡是陰間？另一個世界？

母親：也沒有什麼可怕，只是陰冷潮溼些。

人：（離開她）不，我得出去！我還沒有活夠！

（母親轉身便消失了。他遲疑了一下，又趕忙追蹤。一個少女擋在他面前。）

人：誰？我在哪裡見過，可我記不起你的名字了。我們好像住在同一條街，那是好多年以前。我每天上學的路上，總盼望見到你，哪怕是你背影，只要看到你這條長辮子，你好像總也穿這絳紅的衣裳，我只要見到這顏色的衣裳和長辮子，就止不住心跳……我跟蹤過你，跟蹤到你家門口，只等你進家轉身關門的時候，能對我笑一笑。可你總是這樣默默無言，啊，我又看見了你眼睛。（他揉眼睛，定睛再看，她消失在暗中幢幢的人影之中。對衆人）我們要走出這鬼地方，從這黑暗中走出去，前面就會有燈光。燈光裡會有人家，我們就可以圍著爐子烤乾衣服，就可以喝到熱茶。（煽動）也就會回到自己的家，見到自家親人，妻子和丈夫，兒女和父母，你們所愛和愛你們的人！（少女從衆人背後又出現）你是誰？（攔住她）等一等，我馬上就能叫出你名字！我好像還爲你寫過詩，我們好像還一起看過電影，暗中我抓住你手，你小手無力。……（她一扭身，從他手中滑脫了，到他身後，變得更爲虛幻了。他轉身無論怎樣尋求，卻總也見不到她）她總在夢中出現，每當我困擾不堪，得不到解脫的時候。可就叫不出她的名字，看不清她的面目，捕捉不到她，卻總受她折磨。（對幢幢的人影）你們幹嘛總纏著我？我需要安靜，需要孤獨！我不要總在衆目睽睽之下，我不需要你們，正如你們並不需要我。你們要的是一個爲你們帶路的人，可一旦你們眞找到了出路，或者你們以爲有了出路，撒丫了就跑，一個個跑得比兔子還快，那時候，我就像你們扔了的一隻破鞋，這我太明白了。我只需要愛，需要得到女人。你們都愛過，佔有和被佔有，我也完全有權利去愛，去愛一個女人，去佔有一個女人，也被愛也被佔有。我跟你們一樣，充滿欲望和野心，或者叫做事業心，一個好強有時又非常軟弱的男人，不只具有正義感、同情心與犧牲精神——**（像個任性的孩子在地上打滾、哭鬧）**

（眾人都驚呆了。等他鬧夠了，疲憊不堪，平靜下來，才自己爬了起來，繼續前去。眾人又默默跟在他身後。黑暗中有點燈光。燈光漸亮。一盞油燈下，一個漢子在獨自喝酒玩牌。人作敲門狀，眾人擊掌三下。）

人：對不起，打擾了。

玩牌的主：（並不抬頭）進來。坐。

人：請問——

玩牌的主：（甩出手上的一張牌，抬頭）你也玩牌嗎？

人：玩過。

（眾人都擠在門外。）

玩牌的主：進來吧，進來吧。你們也想玩牌嗎？把門給我關上，我討厭風，吹得燈搖搖晃晃，對玩牌的人來說，有傷眼睛。大家都圍坐成一圈，當然總還得有個人作主。你們每人摸一張牌，我同你們一樣，也只摸一張，這再公平不過。我拿的這張算是主牌，因爲總得有個主。你們翻不如我翻，來得更加方便。（**翻看自己的那張牌**）我這是黑桃小二，倒不是謙虛，玩牌只看手氣。你們要也摸到黑桃，不管老幾，我就輸了，你們都是贏家。可要是你們摸不到黑桃呢？那不管什麼牌，當然我這老二比諸位都大，輸贏的規矩明白了嗎？

人　：這輸了或贏了又怎麼辦？

玩牌的主：贏了就可以喝我這壺裡的酒。

人　　：輸了呢？

玩牌的主：就得挨罰。

人　　：我沒有錢財，沒有土地，沒有房產，沒有妻室。

玩牌的主：那你總還有臉面吧？

人　　：不明白。

玩牌的主：很快就可以明白。你們，誰要是輸了，就在你們自己臉上貼個紙條。

衆　人：這很容易辦到。多大的紙條？什麼樣的紙條都可以？問題是你那壺裡是不是眞有酒？

玩牌的主：你們可以先嚐嚐。

衆　人：啊，太好了。眞香。

貨眞價實的。
我也嚐一口。
這牌玩得。

玩牌的主：一會兒該你們摸牌了，我的你們都看見。各人只能看自己的，不准串通一氣，這可是規矩！

衆　人：（紛紛急忙摸牌）
這沒有什麼，可以接受。
本來就各玩各的。
給我看都不看。
我這人，最老實。
輸贏在其次，要緊的是人品。
說的是。

（拿到牌的人都不做聲了）

玩牌的主：（對第一個摸牌的）你牌給我看看。你輸了。

這　　人：（點點頭）這怎麼罰呀？

（玩牌的主兒拿了張紙條，吐了口唾沫，朝這人面頰上一貼，對方哆嗦了一下。衆人笑了。這人釋然，也就笑了。）

玩牌的主：（轉向另一個人）朋友，你呢？（那人把牌給他看）也輸了。

那　　人：罰唄。

玩牌的主：貼在下巴上。

（那人拿一張紙條，沾了沾自己的唾沫，貼在下巴上，有點難堪，見衆人笑，便也釋然。）

第三人（女）：眞逗。

玩牌的主：（轉向她）你呢？（她把牌給他看，又趕忙收回去）

衆　人：你贏了？

贏了！

贏啦？

（她撒嬌，扭捏，搖搖頭）

衆　人：你爲什麼不貼條？

貼紙條子，貼！

這都有規定，誰也不能例外。

要不貼，我們都不貼！

第三人（女）：有點不好意思。

衆　　人：我們怎麼就好意思？

不行，貼耳朵上。

對，貼在耳朵上。

貼到鼻子上！

一個人一個樣，不許重複。

但都得貼。

（玩牌的主兒望那位，那人便把手中的牌給他看，然後乖乖往自己臉上貼條。）

衆　　人：**（往自己臉上貼紙）**
這挺公平的。
一點兒都沒錯。
誰輸了，甘心受罰。
人人受罰，人人貼條。
那不貼紙條的，倒反古怪得叫人害怕。

（貼滿了紙條的一張張古怪的臉都轉向人。）

玩牌的主：朋友，輪到你啦。

人：我不玩。

玩牌的主：大家都玩，你爲什麼不玩？

人：我覺得這很無聊。再說，我也該走了。

眾　人：是的，是的，好像該走了。

別你一個人走呀！

我們哪裡去？

對了，我們究竟去那裡呀？

人：總之，我得走。

玩牌的主：這裡點著燈，備了酒，就爲的玩牌。還沒有聽說到我這裡不玩就走的。要不別進來！

眾　人：（拉住人）玩吧！

玩吧。

就玩一回，

玩完了一起走。

人：你們還不明白？是他玩你們，而不是你們玩牌。你們手中的全是白板，只他手中才有黑桃！（玩牌的主格格笑）走！犯不上在這裡陪他耗時間。

玩牌的主：這裡壓根兒就沒有什麼叫做時間，（把油燈一吹，如豆的燈光又緩緩亮了起來。）有的只是長明燈。（拿燈從每人的下巴往上照著，一張張貼著紙條的臉都成了鬼怪）我生性喜好人多熱鬧。你害怕了？

人：你是個魔鬼。

玩牌的主：你不摸摸他們屁股？都有一條毛茸茸的尾巴！（指著眾人的屁股哈哈大笑，把一疊尚未翻過的牌推到他面前）摸一張！讓大家看看是白板還是黑桃？（摸張牌在眾人眼前晃過。）都說說看，是黑桃還是白板？

一個人：沒看清楚。

玩牌的主：你說呢？

另一位：好像是——

玩牌的主：好像是什麼？

又一位：我覺得——黑桃。

玩牌的主：這就對囉！姑娘，你看呢？

乖姑娘：黑桃。

玩牌的主：乖乖，這樣的姑娘眞討人喜歡。老人家，你說呢？

（把酒壺推到他面前）

又一位：黑桃，明擺著，黑桃。（喝口酒）

玩牌的主：您算是有福了。（突然發作）他怎麼竟可以胡說八道？嗯？

衆人：（望酒壺）

當然是黑桃，這還有錯？

明明是黑桃。

我們都看見了。

我們都可以作證！

玩牌的主：大家的話你都聽見了吧？那你爲什麼偏把黑桃說成是白板？你害怕了。我問你，吃過耗子嗎？那活蹦亂跳咬在嘴裡還吱吱亂叫沒長毛沒睜眼蘸了作料的小耗子嗎？你要吃過，你就敢於說眞話。朋友，我再給你一個機會，你說，黑桃還是白板？

人：我想，那還是白板。

玩牌的主：你這個人眞沒有意思，弄得大家都不痛快。你們說這樣的人可惡不可惡？

衆人：（傳酒壺，一人一口）可惡，可惡，可惡，可惡，可惡，可惡，可惡，可惡……

玩牌的主：（把酒壺拿開）對這樣可惡的人，該怎麼辦？

衆人：（圍上去）把他趕出去！叫他滾蛋！

攪得大家都不安生。

這人真討厭。

他幹嘛攪得我們大家都喝不成？

教訓教訓他！

打他的屁股！

把衣裳脫了！

把褲子脫下來！

（眾人要脫他褲子）

玩牌的主：你再想想看再想想看！

人　　：（提著褲子）可我記得……好像……是，白板。

（玩牌的主兒揣著酒壺轉身走開了。眾人便去拉扯人，像玩弄一隻鳥。）

眾　人：叫他飛起來！

什麼？什麼？

像鳥兒一樣飛？

人不是鳥兒，幹嘛學鳥飛？

啊，太棒了！

飛起來！

頭垂下去，手飛起來！

玩牌的主：朋友，我相信你不是一個固執的人。

乖姑娘：（可憐他）黑桃是不能說成是白板，你不好亂說的

呀！

人：……也許眞是黑桃……

乖姑娘：那你幹嘛說是白板呢？

人：……我覺得應該是……

乖姑娘：可應該並不等於就是呀。

玩牌的主：你這人吃虧就吃在你迂腐，什麼叫應該？只有是或不是，應該應該怎麼的？

人：那爲什麼就不可以有應該呢？

玩牌的主：（惱怒）應該什麼？應該是還是應該不是？

衆人：（立刻撕扯人）不要應該！是，或者不是！我們要黑桃，不要白板！打倒白板！黑桃就是好！

人：好……好像是……黑……

衆人：（捶胸，頓足）說清楚！大聲點！不說清楚不行！說不清楚不答應！

人　：黑……黑……是黑桃……（倒地）

（衆人圍著玩牌的主跳著一種古怪彆扭的舞，下。女人穿著白紗裙子來了，用裙子蓋住了他，俯身把自己也包裹其中，成了一堆白色的物件，隨著漸起的鼓聲隱沒了。震撼人心的轟鳴，一名精瘦的和尚，用手指、手掌、肘和膝蓋，著魔似的打一面大鼓。禪師披袈裟，袒右肩，合掌上。衆和尚尼姑都披灰色袈裟跟隨禪師上。衆人魚貫而行，口念南無阿彌陀佛。誦經聲漫然無序，各唱各的調，一人一個聲部。此起而彼伏，同鼓的奏鳴渾然成爲一種交響。人尾隨衆人，也念誦不已，卻又不時四下環顧。衆人都放下一蒲團，盤腿打坐。他也在一蒲團上盤腿坐下。鼓停。木魚和磬聲起。）

禪　師：（右膝著地，合掌恭敬，念誦）

如來善護念諸菩薩，善付囑諸菩薩。世尊，善男子，善女子，發阿耨多羅三藐三菩提心。應云何住，云何降伏其心。佛言善哉善哉，須菩提，如汝所說，如來善護念諸菩薩，善付囑諸菩薩，汝今諦聽，當爲汝說……

（誦經聲中，香煙繚繞，衆人均闔眼打坐。人漸漸也閉上了眼睛。少女出現了，蹲在一個角落裡，眼睛微閉，像在透明的蛋殼裡睡得不很踏實的嬰兒，手腳都頂住這看不見的蛋殼四壁。隱伏在人身後的少年緩緩站起，小心翼翼，一步步悄悄接近少女。誦經聲漸輕，衆人消失。）

禪　師：（誦經聲始終隱約可聞）善男子，善女子，發阿耨多羅三藐三菩提心。應如是住，如是降伏其心，唯然，世尊，願樂欲聞。佛告須菩提，諸菩薩摩訶薩，應如是降伏其心……

（少年伸手接觸少女手指，少女立即縮回手，驚醒。）

少　女：別碰！

少　年：你在做功？

少　女：是的。

少　年：你這做什麼功？

少　女：說是小周天。

少　年：是不是還有大周天？

少女：我也不懂。

少年：你敢情在做你不懂的事？

少女：（神經質）叫你別問就別問！

少年：（惡作劇）那你恐怕也不知道這功有什麼用？（拉她手）

少女：噢！不能，不能——

少年：爲什麼不能？

少女：我怕……

少年：有什麼可怕？

少女：你別碰！

少年：我就碰呢？

少女：我會疼痛。

少年：這樣就不痛……

少　女：我什麼也說不清楚……

少　年：（硬拉她手）就叫你痛一回！

少　女：（哀求，掙扎）噢。不，不要……

（父親打傘上。誦經的禪師和打坐的衆人都消失了，只剩下人獨自閉目坐在蒲團上。）

少　年：爸！

父　親：別給我闖禍，快跟我回家！

（拖住他走）

（少女消失了。）

少　年：（回頭看，心不在焉）這天又不下雨。

父　親：會下的。

少　年：可這會兒不是還沒下嗎？

父　親：等下就遲了。

少　年：要是就不下呢？

父　親：總歸要下的！要不，我幹嘛打傘？

少　年：您沒事找事。

父　親：我打了一輩子的傘！

少　年：您自找的。

父　親：用這種腔調同你父親說話？

少　年：那我就不說了。

父　親：給我滾！滾得遠遠的，再也不要回來見我，就算我沒有你這個兒子！（憤憤然下）

（少年茫然。人仍然閉目在蒲團上打坐。誦經聲起，但不見禪師。）

誦經聲：佛告須菩提，諸菩薩摩訶薩，應如是降伏其心。所有一切衆生之類，若卵生，若胎生，若溼生，若化生，若有色，若無色，若有想，若無想，若非有想，非無想，我皆令入無餘涅槃而滅度之……

（少年轉身，他背後出現一堵人牆。他正苦於無法翻越，一個老太婆從牆縫裡出來。）

老太婆：小伙子，你要過去？

少　年：我只想看一看。

老太婆：看看，看看，人人都想看看。你有錢嗎？

少　年：（掏遍了身上，終於摸出一枚硬幣）喏。

老太婆：（嘿嘿笑）這麼個小錢就想打發我這個老婆子了？你身上就沒有點你媽給你的貴重東西？

少　年：（恍然）有枝金筆，是我過生日時我媽給我的。（掏出給她看）

老太婆：（接過來仔細瞅了瞅）嗯，這倒是件好東西。（塞進腰包，讓開擋著的牆縫）你可以過去了。

少　年：（遲疑）我怕我媽知道……

老太婆：她會打你？

少　年：我……不好說……

老太婆：就說弄丟了。你不會撒謊嗎？

少　年：我媽不准我撒謊。

老太婆：說你還是個孩子，沒有大人不會撒謊的。人要不撒謊，那日子就沒法過得快活。得，鑽過去吧。

（他從人縫中鑽了過去，抬頭見牆那邊少女正掩面在無聲哭泣。他剛要爬起來，便有兩個流氓輪番揍他。少女和誦經聲同時消失，只剩下人還閉目在蒲團上打坐。）

賣狗皮膏藥的：賣狗皮膏藥啦！狗皮膏藥賣啦！十三代祖傳的膏藥。內傷、外傷、跌打損傷、心病發作、瘋狗咬了，還有那傷情懷春的癡男怨女、小兒驚風和老人中風，傷天害理的，鬼迷了心竅，貼上一劑，只管包好。一劑不靈，再貼一劑。啊，賣狗皮膏藥囉，狗皮的膏藥賣囉！打了雞血和吃錯了藥的，女人不孕，男人陽瘻，包括傷風敗俗，手到病除！嗨，有口吃的，歪嘴的，女的嫉妒，男的報復，孩子他爹不疼孩子他媽，兒子不聽老子的話，臉上的麻子、腳上的癬，一劑不靈，再貼一劑，不好不要錢。賣狗皮膏藥囉，要狗皮膏藥的快買！機不可失，時不再來。

（少年在衆人圈子之外，終於爬了起來。瘋女人上。）

瘋女人：（湊近他）他們說我偷漢子，他們就是不說是他們偷偷摸摸找我睡覺。他們說我是個墮落的女人，好像他們就沒有在女人身上尋歡作樂過？

（少年後退，躲她。衆人轉向他們。）

眾　　人：瘋子來了。
瘋子來了！
瘋子來啦！

瘋 女 人：瘋的是你們！

眾　　人：看啊，看啊，
她又說瘋話了。

瘋 女 人：你們說的才是瘋話。

（眾人都開心笑了。）

賣狗皮膏藥的：（與此同時）有錢出錢，沒錢的賞臉，賣狗皮膏藥啦！（拿一把膏藥朝地上一甩）不恤工本，大甩賣啦！諸位就看著給吧，賤賣了，賤賣了！哑，你這個

瘋女人：臭婊子！（收拾膏藥，下）

眾男人：你才賤賣了呢！（眾人又哄地笑了）你們笑什麼？笑你們自己吧！爲了跟女人睡個覺，你們什麼做不出來？別看你們一個個都人模人樣的，都是狗，狗，野狗！

瘋女人：（對眾女）別讓她再亂說了。把她帶走。

眾男人：你們幹嘛怕我說呀？你們自己心裡有鬼。這會都躲得我遠遠的，可你們心裡想的什麼，我太清楚了。（傻笑）

眾男人：把她帶走！把她帶走！

（女人們上前拉她。）

瘋女人：你們也怕？怕我說出來你們丈夫跟我睡過覺？怕像我一樣被男人玩過了再甩掉？怕你們的男人知道你們也跟別的男人睡過？怕人知道你們做姑娘的時候就已經失去了貞操？

衆　人：堵住她的嘴！
用馬糞！
用牛屎！
堵她的嘴！

瘋女人：（和女人們扭打著）你們就沒有引誘過男人？你就都那麼乾淨？

（衆人都上去用繩子把瘋女人捆起來，堵她的嘴。她歇斯底里，又哭又鬧，被衆人拖了下去。少年詫異望著，也跟隨他們下。閉目在蒲團上打坐的人也同時消失。隨即，人和他的影子從另一邊上。影子穿黑色的衣服，戴黑頭套。人和影子彼此互不相望，自說自話，行動和步伐卻又都一致。）

人：一顆種子掉在土裡——

影子：一個孩子降生在那個世界上——

人：一陣風穿過樹林——

影子：一匹馬在高原上奔跑——

人：一粒沙子落進眼裡——

影子：一隻眼睛在流淚——

人：流到乾旱的沙漠——

影子：像走進一個熱鬧的市場——

人：只顧人擠人，看不見人的眼——
影子：看到了的是一條條死魚——
人：那是個寂寞的城市——
影子：歌星聲嘶力竭在叫——
人：只有星星才聽得見風鈴在響——
影子：響的又不是自己的心——
人：是電吉他挑動神經——
影子：你三跳九跳八跳七跳又覺得氣短——
人：就因爲不是英雄——
影子：更像是一齣通俗的鬧劇——
人：走了調的喇叭吹吹打打的打的打的打——
影子：指揮總歸正確——
人：人都說自己十八分痛苦——
影子：只有一分鐘的快樂——

人：還不是喝啤酒的時候——

影子：芝加哥紐倫堡——

人：有過一場戰爭——

影子：打死的都是麻雀——

人：士兵們不打仗只站崗——

影子：站崗的都配得勛章——

人：同我說話的這人是誰？

影子：是你的影子，你出聲的思想——

人：你總跟隨我——

影子：在你迷失了你自己的時候——

人：你就來提醒我？讓我加倍煩惱——

影子：你喪魂落魄大概在找尋什麼？

人：你點醒了我！我確實丟失了，就不知道在哪裡可以找到？

影　子：（挖苦）要找尋的是什麼恐怕你也不知道？

人：好像是……大家不也都在找？

（衆人上，像孩子做遊戲，圍成一個圈子，都彎腰在圈裡找尋。）

影　子：你不妨問問他們，你要找的是什麼？（就此得以解脫，消失了）

人：請問，您這在找——

這　人：一根針，一根據說能從針眼裡牽過駱駝的針。

人：（對另一位）對不起，你能不能告訴我你找什麼？

那　人：找一個位置，找一個舒舒服服的位置，穩穩當當，坐上就不再下來。（小聲）我有痔瘡，不是什麼樣的板凳都能坐。

人：那麼，你找什麼呢？

另一位：（口吃）我……我……我……找一張能……能……能……能替我說話的嘴……嘴……嘴……嘴巴……我……我每每天……要……要說……很多……很多……很多……的話……

人：那你呢，年輕人？

又一位：我找飯碗！你們什麼都有了，可我連個飯碗還沒有！

人：那當然，飯碗當然很重要，你找吧，找吧。（對另一人）對不起，我不是故意的。（挪開自己的腳）你找什麼呀？

此人：我找一雙合適的鞋。我這鞋怎麼穿怎麼夾腳。我想知道——

人：我也在找——

此人：你鞋也夾腳嗎？

人：我的鞋倒是不夾腳，可我不知道我的腳該往哪裡走？

此人：踩著別人的腳印走就是了。

人：你在找別人的腳印嗎？

這主兒：（**嘻笑**）我在找個洞，從這裡人不知鬼不覺鑽過去，從那頭就可以大搖大擺出來。

人：這位朋友，你呢？看得出來你不是個鑽營之徒。

這位朋友：你算是說對了。

人：你能不能告訴我你在找什麼？

這位朋友：找我兒時的夢。

人：那想必非常美好。（**對另一位**）您呢？您也在找夢嗎？

另一位朋友：不，我在搜索一個句子。

人　：您在作詩？

另一位朋友：人人都會作詩，就像人人都會做愛。

人　：那您在——

另一位朋友：思想！人人都有頭腦，可並不是人人都有思想。

人　：說得對。那您找的這句子一定是個警句。

另一位朋友：我不敢說就一定是警句。問題在於，找不到這個句子，我思想就斷線了，斷了線的思想如同斷了線的風箏，是收不回來的。找不到句子也就找不到思想，因爲思想是一環扣一環，像一根鎖鏈，這你懂嗎？

人　：這姑娘，你呢，你在找什麼？

這姑娘：你猜猜看。

人　：我想總離不開愛情。

這姑娘：說得太對了！我就在等待這樣一雙目光，溫柔、幽深、熾熱——

（他避開這姑娘，又碰著另一個。）

別一個：你踩別人的腳了！

人：哦，對不起。

別一個：有你這樣走路的沒有？

人：實在是沒看見，我到那邊去。

別一個：人家都在這邊找，你到那邊去幹什麼？

人：這裡沒我想要找的。

別一個：你要找什麼呀？

人：（苦惱）我也不知道我要找什麼。

別一個：大家看，這人眞奇怪，他不知道他要找什麼！

再一位：他準是已經找到什麼了。（衆人立刻都圍住他）

人　　：沒有，眞的，沒有。（走開）
看圈子的人：（從衆人中出來）你哪裡去？
人　　：我過去。
看圈子的人：你不什麼也沒找到嗎？怎麼就過去？
人　　：我不找了。我那邊去。
看圈子的人：我們都還在這邊找，你倒要過那邊去。
大家說：能讓他過去嗎？
衆人：不行！
　當然不行。
　不能過去。
　等我們都找到了你再過去吧！
人　　：我想說明一下。
衆人：你不說我們也都明白。
　你找我找，大家都在找，誰也沒找到，你倒要過去？

這不行。

不行就是不行。

如果你不找，我們也不找，你過去好了。現在我們大家都在找，你非要過去，這當然不行。

怎麼可以這樣呢？

要找，大家都找，是吧？要不找，大家都不找，是吧？

人　：我同你們沒有關係。

看圈子的人：這位朋友，我們現在還把你當作朋友，你怎麼還不明白？（**對眾人**）跟他再說說明白，我們把話先說在頭裡了。

眾　人：（**紛紛**）就是說，是的，不是的，這大家都找，大家都不找，不找歸不找，找歸不找，不找不是不要找，問題在於找不找得到——

人　　：我就不想找了。

衆　人：不想找，好，是的，不想找不能強迫找，不想找不能大家都不找，大家找不能你不找，大家不找你再不找，大家要找你不去找，大家找大家，你不找大家，不找大家找，你找不找你不找大家找你找不找大家不找你找大家找——

人　　：（抑制不住）我走我的路！我沒妨礙誰，你們也別妨礙我，不就得了！

看圈子的人：跟你講句掉底兒的話吧：沒門兒！怎麼能我們都還沒找到你就找到了？

人　　：可我並沒有找到什麼呀！

看圈子的人：那你就再找吧。

人　　：我不再在這裡找了，我——要——過——去！

看圈子的人：你懂不懂這裡的規矩？道理都反覆交代了，你怎麼還不悔改？

衆　人：怎麼回事？

怎麼回事？

丫挺的，欠揍！

看圈子的人：不，這樣不好，不文明。他要還不回頭，也不難爲

他，就叫他從這裡鑽過去，（指指褲襠）好不好？

衆　人：（哄堂大笑）好！

（靜場。人居然趴下，從看圈子的人的褲襠裡鑽過去

了。衆人愕然，消失了。人鑽過去的時候，從地上拾起

鑰匙。影子立即上。）

影　子：鑰匙？對了，你好像就找尋這樣一把鑰匙？是的，是

的，你找尋的就是這把鑰匙！

（人跪著審視手中的鑰匙，站起，走到中央，用鑰匙打開一座虛擬的大門，使勁拉開了這扇沉重的大門，走進去。影子下。一片沉寂。）

人：（試探）喂——（回聲頓起：「喂——喂——喂——喂——喂……喂……）啊——（啊——啊——啊——啊……啊……啊……的回聲，顯得更爲空寂）有人嗎？（回聲：有人嗎？有人嗎？有人嗎？有人嗎？有人嗎……）這裡簡直沒有人來過……（像回聲樣的模擬的竊竊人聲：眞寂寞，眞寂寞，眞寂寞，眞寂寞）

（人環顧四周，才發現黑布下似乎蓋著些物件。他小心翼翼，從黑布下拉出一隻女人赤裸的手臂。）

人　：（驚嘆）哦——

（於是，一個模擬的女聲嘆息作爲回聲似的，哦……哦……哦……哦……哦……這喚起了他的熱情，更加起勁清理，又發掘出一雙女人腿。）

人　：（興奮）哎！

（於是又一串模擬的女聲急促呼喚：哎！哎！哎！哎！哎！哎！哎……他從黑布下終於發現了一個女人形體的

模特兒。他把它扛出來，擺好。他轉動著它的手腳，一面欣賞。繼而，以更大的熱情和氣力去扭動它的胳膊、腿腳和軀體，把它造成一個古怪的向前傾的姿勢。然後，他把它的頭轉過來，摸著捏著，調節它臉部的表情。他擺弄模特兒的每一動作，都伴隨模擬成女聲的各種器械的聲音。模特兒臉上做出那些表情分別爲喜悅、痛苦、迷茫和平靜，也都伴隨模擬成女聲的音樂。他把它的頭扳正了，讓它注視不遠的前方，加以揣摩。

他越來越興奮，又推拉來一個又一個被頭套罩住臉面的女模特兒。他配搭這些模特兒，組合成一個結構，想了想，把第一個模特兒也戴上個頭套。在越來越響的音樂聲中，他踩著節拍，不斷調整這個結構。於是，這個結構也以剛剛能覺察到的速度，按一種或幾種規律變化。

他逐漸包圍到這個結構中去，也成了這個結構中的一個部件。這是一種持續而緊張的意志和力量的消耗。他在這個結構中忙忙碌碌的爬來爬去。

現在，這些模特兒以第一個女模特兒爲核心，構成了一個群體結構，運動變化緩慢而又不可阻擋。他匆忙奔跑，跳動，翻滚在他自己的造物之中，極爲興奮，一邊喊叫，同他的造物呼應對答。那是不斷發現、更新、再發現、再更新的過程，並且不再聽從他的指揮，這物的音響也掩蓋了他的叫喊。他捲入其中，體力漸漸不支，又難以自拔。最後，好不容易像條蟲子從中爬了出來，筋疲力竭。而他的造物轟響，從他身邊旋轉而過，漸漸隱沒。

影子又出現了，同他保持一段距離。）

影　子：（平靜）那就到了冬天，那一天還大雪紛飛，你赤腳走在雪地上，去體驗那刺骨的嚴寒。你覺得自己像個基督，那世界就你在受難，就你最爲孤獨。你覺得你充滿了犧牲精神，雖然爲誰犧牲並不分明。不錯，你在雪地上留下了腳印，而遠處是迷濛的森林。

（人疲憊不堪，走進了人體模擬的樹林。）

影　子：（跟蹤他）你走進那座幽深的林子，一棵棵樹木葉子早已落盡，伸出光禿禿的枝幹，都像是裸體的女人。它們佇立在雪地裡，寂寞而沒有語言，而你止不住想向它們訴說你的痛苦。你回憶起你少年的時光，爲了等個女孩曾經站在路旁許久。那一天也下雪，你一心要向她表白。那時候你畢竟單純，而如今你罪孽深重，早已喪失了對人的信任，你那顆心也已經蒼老，再也不會去愛。你就願意在森林中穿行，就這樣一直走下去，筋疲力竭，然後，隨便在哪裡倒下，也不希望被人發現。

（人終於靠在一棵樹下喘息，影子愈益接近他，觀察他。）

影　子：其實，這不過是你的一種自我憐憫，你並不甘心就此了結，你這個好虛榮的人。（走下）

（人依靠的這棵樹俯下了軀幹，用似乎是人的聲音說：

「啊，原來在這兒呢。」樹便都像怪物，緩緩向他移攏，顯出人形，成了穿喪服的眾人。）

眾　人：（只有動作和聲音，木然而沒有任何表情）

我們到處找你。

請我們喝酒去。

你是東道主，怎麼跑到雪地上來了？

你是英雄，我們的驕傲。

你是巨人，我們得仰視才見。

你名氣如此之大，大得叫我們都害怕。

我們羡慕你，並不想把你當成偶像。

你不過是個騙子，只不過我們沒有你的騙術。

起來，跟我們走。

你應該捐助我們從事的兒童福利事業，你當然知道兒童最需要錢。

你一個人穿過了一座鬼都不去的森林，眞了不起。

你是開路先鋒，走出了一條別人不走的路，把人都引向歧途。

算你走運，不是每人都有這種運氣。

不是你比別人更有才能，只不過別人沒有機會得到發揮。

你是我們之中的佼佼者，讓我們都來拍你屁股！

（衆人發出陰冷的笑聲，也有人動手拉扯他。）

衆　人：（突然）來了！

說來就來了。

讓開。

（影子倒退上，眾人讓開一條道。）

人：（衰弱）誰來了？

影子：你的心。

（眾人注視蹣跚佝僂、又瞎、又聾的心從面前經過的時候，影子便把人無聲無息拖了下去。眾人緩緩跟在人那顆實際上看不見然而極爲蒼老的心後面，下。演員們逐個從另一邊上。）

演員們：黎明之前，我們上路了。露水很重。聽得見附近山坡暗中牛吃草時噴的鼻息。遠處的河灣幽藍泛光，比天空還要明亮。
他給我們講了一個童話。
我夢見我肚子上長個象牙，嚇死我了！
你想過嗎？你想不想變成一隻鳥兒？
幹嘛變成鳥？這樣我就挺幸福，他說他愛我。
福克納。
我喜歡愛米麗的玫瑰。
我給你打過好幾次電話。
你會看手相嗎？
不用解釋了，你不用再給我解釋！
這小貓咪眞可愛。
我在那裡好像見過你？

我就愛吃甜食，特別喜歡吃酸奶。

你這頭髮眞好看，是假的嗎？

（嬰兒的哭聲）

乖乖，噢，忘了給你換尿片兒啦！

（摩托車的發動聲）

你怎麼回去？沒勁，這演的什麼破戲！

明天你幹什麼？一起吃飯去？

（嬰兒哭聲，各種車輛的發動聲和行駛聲，自行車鈴聲。）

有關演出《彼岸》的建議與說明

㈠為了把戲劇從所謂話劇即語言的藝術這種局限中解脫出來，恢復戲劇這門表演藝術的全部功能，需要培養一種現代戲劇的演員。他們像傳統的戲曲演員那樣念唱做打樣樣全能，而又不拘泥於固定的表演程式。本劇正是為了演員的這種全面訓練而作。

(二)理想的表演應該是形體、語言、心理三者的統一，本劇企圖找尋這樣一種藝術表現，以便有助於演員的表演達到這種統一。也就是說，在找尋形體動作的時候，也給演員以語言的表現，讓語言和形體動作同時去喚醒心理過程。因此，訓練和排演的時候，不宜將台詞與動作分開，既不要只背誦台詞，也不要剝掉語言當成啞劇。本劇有些段落雖然沒有台詞，但仍然有聲音，也可以視爲一種有聲的語言。

(三)這儘管是齣抽象的戲，排演時卻不要去表現赤裸裸的理念，當成哲理劇來演。本劇期待通過表演達到一種感性的抽象，即一種非哲學的抽象。它要求將表演建立在虛擬的前提上，充分調動演員的想像力，再去感觸這種抽象。因此，這個戲的表演除了要求語言和形體的統一，也還要求思辨和心理的統一。

(四)本劇的演出除了幾件簡單的道具，不必製作任何佈景。劇中人物同環境與物的關係應該處於一種活生生的對話與交流之中。

在對方沒有台詞的時候，則可以訴諸音樂、聲響、目光、動作、姿態的情勢張弛，不讓環境與物變成死的布景或擺設。

㈤本劇強調，通過表演，確立劇場中那些並不眞的存在的對象，比如一顆衰老的心，一條具體的或抽象的河流。應該說，這便是戲劇表演和電影表演本質上的區別。這種建立在虛擬的環境、關係和對手上的表演，開始時可以藉助非常實在的物件來達到。比如說，通過一條繩子來確立人們之間的關係，一旦演員具備了這種能力，隨時隨地可以找到一個並不存在的對手進行交流。演員憑藉自己的想像力，可以讓那個不存在的對手也活躍起來，並且同他想像力創造出來的那個並不存在的對手進行活生生的交流。

㈥格羅多夫斯基訓練演員的方法在於幫助演員發現自我，靠大幅度的運動來達到身心的鬆弛，從而把自我的潛能釋放出來，他把這種表演稱之爲一種犧牲。本劇排演則在幫助演員從發現對手的過程中去證實自我。演員如果總能找到他進行交流的對手，不沉醉在自我之中，他的表演便總是積極的、活躍的，也就能把握被行動喚醒了處在警覺狀態中能夠自我觀察的自我。

(七)本劇在排演中要求演員粉碎那種邏輯的，即語義上的思辨。最生動的表演恰恰是直觀的、瞬間的、即興的。演員在排演場上眞正用眼睛看，用耳朵聽，用活動的身體去捕捉對手的反應，換句話說，不是用頭腦表演的時候，才生動活潑。因此，本劇排演中最好不要在排演場之外去作那種文學分析，也不要去發掘台詞中所謂微言大義。

(八)本劇旨在訓練像戲曲演員那樣的一種全能的演員，並不意味爲現代戲劇也建立一套程式。這種訓練希望達到的恰恰是非程式化的、不規範的、沒有固定格式的表演。演員排演時像進入競技狀態的球隊的運動員，或者說，像鬥雞場上的雞，隨時挑起並且迎接對手的反應，因此，這種表演總應該是新鮮的、再生的、即興的，這就同體操或歌舞表演有根本的不同。

㈨本劇的排演力圖擴大而不是削弱語言在戲劇中的表現力。戲劇中的語言應該是有聲的語言，而這種語言不只限於漂亮的台詞。演員在戲劇規定情境中發出的一切聲音都屬於這種有聲語言。演員如果也會用那些不成爲句子、只有若干音節、不合語法規範的語言碎片或素材來進行有聲的交流，便能把台詞中的那些瘖啞的文字變成活的有聲語言。

以上建議，僅供參考。

一九八六年五月二十五日補記

【附錄】

關於《彼岸》

《彼岸》寫於一九八六年，我當時同北京人民藝術劇院的導演林兆華先生和劇院的一批青年演員排練一個月而終於擱淺。之後，上海人民藝術劇院的一位青年導演試圖排演也未獲准。瑞典文譯本發表後，一位在瑞典皇家劇院排演過我的戲的瑞典導演又有意著手，並由瑞典皇家劇院買下了這個戲在瑞典的演出權，但至今尙未排上日程。一九八八年馬森先生將這個劇本在《聯合文學》上予以轉載。如今又承蒙賴聲川先生推荐，得以在國立藝術學院排演並正式演出，卻是我料想不到的。

我自然希望我的劇本首演都能在中國，也因爲我用中文寫作，首先爲說漢語的觀衆而作。可我並不是一個國粹主義者，沒有炎黃子孫的那種莫名其妙的驕傲。我只是想更新這古老的語言，用漢語也同樣能表達出現代人的困惑與追求與求之不得之苦惱，乃至於由此而來的人生的酸甜苦辣，寂寞與渴求表達的需要。

我總以爲語言是人類文化最精粹的結晶，在各種文化越益相互滲透的現時代，我還希望能聽到現代漢語的聲音，在當今的劇場裡也品味富於音響的漢語的美妙。

可戲劇並非只是語言的藝術，得訴諸演員的表演，在劇場裡造成生動的直觀，同觀衆實現交流。這種交流的方式，東方傳統的戲劇和西方通常的話劇很不相同。當西方的戲劇革新家們找尋種種新的觀念和表現形式的時候，東方的戲劇家們也還有自己的事可做。《彼岸》便是一個嘗試，一種從東方戲劇傳統出發的現代戲劇的追求。

《彼岸》一劇和傳統的戲劇不同處之一，便在於不去編排故事，只展示人生的一些經驗與感受，並且企圖將這些經驗與感受像純音樂作品一樣，賦予一種單純的戲劇形式。我不知道我能否達到這種境界？

一九九〇年

獨白

抒情喜劇

高行健／圖

（光光的舞台上，一位老演員默默上場，掏出一根繩子，放在舞台前沿。）

演員：（自言自語）我在這裡拉根繩子，（抬頭，面對觀衆）打一道線。你們在線外面，我就在線裡邊。（面對觀衆）我要在這裡砌一堵牆。（彎腰作砌磚狀）把你們同我隔開。

（他動作利索，牆從腳下眼看著一層層地砌了起來。觀衆席的燈光隨之漸暗，舞台上的腳燈漸亮。）

可我又不能砌一堵眞的牆。（停住，牆已砌到胸口）要眞砌上了，你們還看得見我嗎？（向牆外張望，又看看牆裡）這堵牆要透明得你們看得見我，而我不必看見你們。

（繼續砌牆，小快板的速度，一口氣砌過了頭頂。發現手上還有一塊磚，踮起腳尖，把它擱在牆頂上，搓搓手，舒了口氣。觀衆席的燈便全熄滅了，只剩下舞台上的照明光。）

我這會兒，自自在在，再不怕你們評頭論足，那些碎嘴子愛說什麼就說什麼，我橫直聽不見。你們那挑剔的目光我一概視而不見！（用十足的舞台腔提高了嗓門宣稱）我現在是一名角色，一齣獨角戲裡的主角！我要對你們說——（輕聲自問）說什麼呢？

（轉過臉向後台）忘詞兒啦！

（學一位老太太提詞的聲音）嚯嚯嚯嚯！

（用演員他自己的聲音）什麼？什麼？

（老太太提詞的聲音）嚯嚯嚯……！

（用演員自己的聲音）行，就這麼著，我這會是生活在角色之中，說什麼和怎麼說都行，人都不會把這台上我演的角色當成台下生活中的我，而台下生活中的我又倒過頭來創造了台上的我的角色。

（頗爲自信，略爲過火的表演）我演個大夫，就一本正經，略帶點喉音。如果演的是討錢的叫花子，就鐵沙著嗓子。倘演一個啃書本的呆子，便戴它一副高度近視的眼鏡。再不，就演個外國人，戴個萬字袖標，穿著帶馬刺滿台上直響的皮靴，踐踏一切的希特勒衝鋒隊的分隊長。也可以是個京油子，嗬，老哥兒們，今兒個您老眞格的那個沒得說的！嗨嗨嗨嗨，回見，回見！當然，也可以時不時演個名劇，年輕的爭那個柔蜜歐，老的演不了李爾王，總能演個王二李，一個接一個戲，演著演著……

（轉爲樸實而不帶表演感）有一天，突然發現你老了。可不眞的，都抱孫子了，當爺爺的主兒，沒有什麼比發現自己老了更悲哀的。人從娘胎裡呱呱落地，到會走路了，上了學，到了懂事的年紀，就都有那麼點抱負，不說救國爲民吧，總得幹一行事業。拿我們演員來說吧，那最高的成就就是演紅了，演到觀衆一見廣告就來買票，沒有多少年的功夫，談何容易！也還免不了時不時有那麼些非議，可不像春天裡出筍子，一場好雨之後，就節節看長。人要幹一番事業沒有不經過奮鬥不受挫折的。一旦成功名就，也還有種種流言，夾雜妒意，或者說嫉妒夾雜流言，且不管什麼夾雜什麼，跟在屁股後面，沾住腳跟，就像雨天走泥地，鞋子上甩不掉的泥濘，越來越沉重。這當然也因爲人都看重名人，出了名了就有人敬重，有人生氣。可我這裡要說的是：你要是突然發現你那番事業還沒來得及幹成，就已經老了，得告老退休，去逗孫子，沒有孫子總也有孫女，南南或者甜甜，或是小萍萍，好歹總有個，你得給他擦鼻涕。當然，第一次聽到孩子叫你爺爺，你也會覺得怪怪的，有點憂傷，有種惆悵，也有那麼點溫暖，也算有點寄託。啊，我講到哪兒了？

（醒悟過來，滔滔不絕地）我是說砌牆，對。一個演員如果有本事在觀衆和自己之間砌起這麼一堵人看得見你你看不見人的單向透明的牆，就在舞台上取得了自信。

（走動，提高聲音）你在舞台上就行走自如，嘻笑怒罵，談情說愛，生老病死，就都像那麼回事。

（突然站住）但是，要成爲一個好的演員，這還不夠。還得回過頭來把這堵牆拆了！自己砌的自己來拆。

（作拆牆狀，一塊一塊地把磚打掉。又有些遲疑，拆到齊胸口處，停住了。）

（琢磨著）這兒可以開個窗子，好時不時從角色裡出來。

（作靠在窗口狀）得有這分悠閒，往外瞅瞅，同台下的觀眾有點交流，遞個眼神呀，也看看人家的反應，是睜大了眼睛看著你還是閉目養神？你也還得豎起耳朵聽著點，觀衆席裡有沒有打呼嚕的聲音？

（轉身，踱步，有些心神不安，又望了望窗口，噓聲對自己說）你今天的表演可有點浮躁，是吃涮羊肉了還是怎麼的？（對答）他今天有心事，上台之前，他老媽在醫院裡剛剛去世。

（靜場）

（用冷靜的旁觀者的聲音）即使是舞台經驗十足能隨機應變的演員，他也還是個人，總還是他母親的兒子，妻子的丈夫，孩子的父親，有自己的家庭和親人，可他不能因爲他親人的亡故、意外的不幸和感情上突然受到的打擊，就取消當晚的演出，叫一大群觀衆乘興而來，敗興而去，他不能損害觀衆的感情，哪怕他自己當時正傷心。而且，還得按照他扮演的角色的規定，沒準兒就得哈哈大笑，這笑當然勉強得很。可他只要一看到觀衆席裡的目光，就得鎮定下來，控制住自己。

（走動，略微提高聲音）再說，還時常得強打精神去演那些自己並不喜歡而被派定的角色。而一個好的演員，得克服自己的情緒，也能扮演那些遠離自己的角色。

（轉身）我要活的，不要死的！

（轉身，站住）但是，你不是那個買姑娘討小老婆的龐太監。

（又走動著）這《胡笳十八拍》，我看，最要緊的還在有情感，有思想。這詩裡面包含有滅神論的見解啦。

（站住）你也不是郭沫若筆下的曹操。

（興奮起來，口若懸河）你就是你，又不是你自己。你用你自己的良知、品格同觀眾交換對角色的認識，說的是在舞台上表演的空檔，你抓住那瞬間，向觀眾開開窗。有時候，這窗戶還嫌太小，你得打開一扇門。

（作開門狀，跨過門檻）走到觀眾中去，同觀眾一起來創造你的角色。你又是你的角色，還又是你自己。

（拉開門，站在門檻當中，深深彎腰鞠躬）是，老爺。（眼睛卻骨碌直轉）

（直起腰）他講的是一回事，想的又是一回事，你得把這奴才的嘴臉表現得活靈活現。可一個演員，他並不是奴才。

他在生活中也許是個優柔寡斷的人，可如果派定他演一位將帥，上了舞台，振臂一呼，三軍都聽從他的號令。（**一片歡呼聲，像潮聲一樣起來又消逝了**）

（**提高了聲音**）一個演員，平平常常，哪怕是個卑微的人，可他只要在舞台上越過了將演員與觀衆隔開的這堵牆，（**走到腳燈前**）敢於用他扮演的角色的目光注視觀衆，並且也以觀衆的目光審視他自己的角色，那他就會有自信，就能當衆孤獨有如無人之境，在沒有布景、道具、服裝和化妝乃至於音響效果和燈光的陪襯下。

（**越加眞誠**）但演員並不總能捕捉到他的角色，一旦失去分寸，周身不自在，就不得不裝腔作勢，擠眉弄眼，來掩蓋自己藝術上的虛弱。越這樣自我表演，就越加辛苦，在常人的種種痛苦之外，演員還多一層痛苦：找不到自己的角色。就像失戀，在座的想必大都有過類似的體驗，雖然在座的諸位看起來都挺幸福。但你們能說就沒有嘗過失戀的苦澀？而對這種痛苦感受越深的演員，便越加成熟，就會演著演著——

（目光注視著舞台中央，有一個光圈漸漸亮了起來。）把角色就撂在那兒了，自個兒卻走到一邊——

（在舞台台沿上坐下）琢磨他的角色（望著舞台中央的光圈）

（緩緩站起來，不知不覺已換了一副模樣，顯得有些衰老了，一步步走近光圈。）

（喃呐地）他在找尋……

（在光圈周圍小心審視）找尋什麼卻不知道，總歸在找……

（舞台上全暗，只留下這個光圈。演員進入光圈，在裡面轉了一圈，重新面對觀眾，現出一副困惑的樣子，語調也變得遲疑了。）

我不知道，你們之中，哪位，有沒有這樣的體會？夜裡睡著睡著，突然醒來了，渾身倒汗，心慌得不行，就再也不能入睡。不是上了年紀吧？會不會一下子睡過去，沒準兒，明兒，醒不來了？老伴還就睡在身邊，別嚇著她。

（作悄悄爬起來狀）嗯，下地走走。

（光圈隨著他移動。）

（自言自語）是得好好考慮考慮，這一生剩下的日子怎麼辦？

（光圈消失了，在舞台基本光下，恢復了旁觀者的態度。）

（機智俏皮）你如果也是一個演員的話，就會想，皺紋都起來了，眼皮子塌拉，肚子也大了，總不能再演那風流小生？叫你跟著小丫頭一起蹦蹦跳跳的，你也氣喘。你青春的魅力都已消逝，也不能都演莎士比亞的李爾王。再說，那孤獨的老頭子演起來心都涼。你不能不考慮自己還有什麼用處？是教學生，還是寫回憶錄？也不能都改行當導演，那導演這職業可不成了老人行。更不能像里根那樣，演員幹不好，還去當總統！你就不能不陷入苦惱之中，要爲自己找條出路。你便會說，藝無止境，你不靠青春的魅力，靠的是自己的技藝。你就乾脆把那製造幻覺的第四堵牆拆光，全靠你的表演活在舞台上，老來反倒追求單純。

（靜場。）

（輕聲提示）你便可以對觀衆說：這情景，在森林裡——

（舞台上光線漸漸轉暗，只用側光勾出他的輪廓。）

（彷佛看見了）有一條幽深的小路。

（舞台深處顯出一條模糊的光影。）

他已進入老年，人生的秋天。（走在這條光影中）落葉。

（仰頭）

秋聲，撲簌簌的。（傾聽）

金黃色的，（側目仰望，細瞇起眼睛，感嘆）成熟的季節。

（頭微微一偏，嘮叨，自言自語）你相信自己的技藝，就相信觀衆的想像力。

（低頭作用手杖撥動落葉狀）你就這樣在秋天裡追索自己春天的腳印。你就回憶起，哪一年？那一年的春天到來之前，夜裡……

（舞台轉暗，只有一線微弱的藍光照著他。）

在一個關罪犯的農場裡，你也弄到那裡種地，不是去演戲，你就聽見一里地外的那條冰封的河流……（凝神傾聽）

（隱約的冰塊拆裂聲，越來越頻繁，夾雜低沉的轟鳴，一聲緊似一聲，夜空中的雁鳴和呼呼的鼓翼聲。）

你也就回憶起已經非常遙遠的少年時光……

（一個童聲的《賣報歌》聲，孤單而且斷斷續續的。）

清貧，卻不知道氣餒……

（黃光打在他臉上，他瞇起眼睛四下徒然找尋著歌聲的來源，歌聲突然中斷，消失了。海潮的澎湃。他臉上的光消失了，代之他身後的一片紅光。他張開手臂，彷彿跑著迎向海潮。）

你那麼年輕，充滿熱情。你憧憬，你奮鬥，你熱情擁抱人生！

（隨著越來越高漲的海潮聲，他大聲呼喚。啊——呵——！啊——哎——

（呼喚聲和海潮聲融合，又遠去了，他站定。現在左右兩邊紅綠燈光變幻著，忽亮忽滅，他左顧右盼，茫然若失。汽車的高音喇叭和高音揚聲器，左邊是口號聲，右邊歌聲嘹亮，混成一片，什麼也聽不清。）

你就這樣步入中年，在一個十字路口，隨後不明不白被捲進了一場事故之中，被人圍住，你辯解不清，你不清楚你究竟犯了什麼錯誤，不像如今你誤闖了紅燈，罰點錢便買來教訓。

（人聲嘈雜。他彷彿被人推著搡著。）

你又不肯由這股潮流席捲。隨之沉浮。

（城市的種種噪音。他轉向，彷彿在人堆中擠，臉上的光變幻顏色，如同被霓虹燈映照著。）

就像最熱鬧的大街上，或是地下鐵道的出口，被踩掉了鞋。

（蹲下拔鞋，他臉上的光一閃一閃。）

又失落了裝在口袋裡的鑰匙。那無數的腿和腳就在你頭上，（爬在地上找鑰匙）也踐踏，踐踏你的藝術。那是一個混亂的時代，什麼也說不清，你問，問也無用，你要再——（彷彿被踩了手，大叫）啊——！

（舞台上全暗。他伏倒在地，一切聲響俱寂。靜場。他在漸起的音樂聲中緩緩爬了起來，跪坐著，疲憊不堪。）

像一場大地震之後，在劫後的廢墟，人們開始收拾，清理出尚可以拼湊著用的瓶瓶罐罐，生活就又走上了軌道。於是——

（撿起了什麼，端詳）還挖出了埋在灰燼下沒死的花，又重新澆灌，就像對你的藝術。

（音樂變得宏大了，他在掌聲和喝采聲中亮相。光圈消失。）

（以旁觀者的神態和語調，稍快）你的創作重新得到承認，你高高在上成了明星。可你非常清楚，這地位不可以久留，你不過是個演員，演員最好的位置還是在舞台上。你坐立不安，睡不著覺，深深知道作爲演員來說，你又已經老了。

（背著觀衆，在漸漸轉暗的舞台上踱來踱去。）

你這房間也不寬敞，你只能在此轉圈。

（擴大了的沉重的腳步聲和時鐘的滴答聲。）

況且，這夜深人靜，你怕驚擾了你老伴。

（他面向觀衆。顯出老態。脱鞋子，拎在手裡，躡手躡腳，作開門狀，又輕輕掩上門。彷彿在黑暗的過道中摸索，嘟囔。）

就有那專門偷公共走廊裡的燈泡的主！（搖頭）這走廊怎麼長得沒個盡頭？就這樣摸索，摸索，到一個空地上來了！（有種解脱和快意）

（風聲。）

一個從來沒有到過的地方。（惶惑）風從右邊，不，從左邊，不，好像是四面來風，眞不知道到哪兒了？這麼空曠，開闊得都叫人不知所措。

（有點不安，喊）哎——那邊有人沒有？

（嘟囔）簡直不明白該怎麼，怎麼，怎麼……

（飄忽不定的音樂。）

（轉而用敘述的語調）這時候，她就來了，輕盈，在你面前，飄忽不定，像一個夢。你覺得在哪裡見過她，像是你兒時隔壁鄰居家的一個小姑娘，你們小時候一起玩過沙子，在沙地上疊房挖洞，可你已記不清她的面貌。總之，你覺得好像是她，同她說溫柔的話。她向你伸出手，用手指尖領著你。可四面來風，腳下冰涼，你就止不住——

（打噴嚏）啊——嚏！

（雙手抱住兩臂，憨笑，又立刻收斂笑容。）

（轉身用旁觀者的語調，似乎是對他扮演的角色說）這夢多少也給你一種啓示，就是說，你苦苦追求的一個新的角色，已經在你心裡萌動。你儘管血壓升高，心律不齊，這些老年心血管的症狀都隨之而來，你還是不顧醫生的告誡，還要上台去表現表現，這番虛榮就免除不掉。

（眨巴眼睛，顯出老態，然而不無激情）當演員的都喜歡熱鬧，喜歡掌聲，不甘寂寞，這也是這行業養成的毛病。一個演員，用我們的行話來說，要愛上了他心中的那點玩意兒，爲創造一個角色，把命豁出去，在台上心肌梗塞死的，也大有人在。

（靜場）

（輕聲對自己）你怎麼了？

（彷彿從角色中清醒過來）啊，我是說那根繩子——（大聲）

誰把繩子丟在台上？

（輕聲提醒）不是你自己嗎？

（大聲）幹嘛把繩子亂丟在台上呀？

（提醒）你不是把它比做一堵牆？

（煩躁）什麼牆呀？

（提示）一堵把你們演員同觀眾離開來的牆！

（固執）那觀眾還怎麼看戲呀？

（解說）這牆不是透明的嗎？

（發作）透明的還砌什麼牆呀？拆了它！

得。（拾起繩子，下）

一九八四年四月十四日於北京

【附錄】

要什麼樣的劇作

近十年來的戲劇，不論人們承認與否，事實上已經成了導演的時代。當代劇目越來越少。大的劇院幾乎沒有新的劇作，即使有一點現代劇目，也大多是已經公認的經典。另一些非商業性的小劇場推出的新劇目，也主要是導演和表演藝術的試驗，通常都不以劇作取勝。作家們寫戲的越來越少，這不能不說是當今戲劇的一個危機。

戲劇曾經有過演員的時代：東方和西方都在上一個世紀之前。戲劇也有過作家的時代：十九世紀中葉之後，易卜生便是一個傑出的代表；之後的斯特林堡和奧尼爾都是以他們的劇作來造成戲劇的潮流。二次大戰前後又有蕭伯納和薩特的政治哲學戲劇到貝克特和尤奈斯庫的荒誕戲劇。到了七十年代，便日漸被導演所取代。

上個世紀末導演制興起，發展到本世紀二、三十年代，對現代戲劇的影響越來越大。布萊希特和阿爾多是從導演的角度改造了現代戲劇。

作家的種種流派寫的是文學劇本，即戲劇文學，戲劇主要被當成語言的藝術。而導演把戲劇首先看作是表演的藝術，語言尚在其次。他們追求的是新的戲劇觀念和表演方法，於是便有了克羅多夫斯基、康道爾、威爾森等許多著名的導演和一些以表演和導演藝術而聞名的劇院，諸如美國的生活劇院和法國的太陽劇院。到了八十年代，劇場大都已不在乎新劇目的出現，主要熱中於爲導演的藝術提供舞台，而且通常是老戲新做，製作的費用也越益昂貴。當今的戲院多有精彩的演出而罕見新的劇作。可是，一個時代的戲劇哪怕再輝煌，倘留不下劇作，又不能不令人遺憾。如今人們多少已經察覺到這種危機。

如果還固守老的劇作法和戲劇形式，不理會戲劇觀念和表演方法上的變革，繼續寫那種表現日常生活的悲喜劇，因襲現實主義或自然主義戲劇的老路，或是重複荒誕戲劇已經做過的語言和思辨的遊戲，我以爲也無法挽回劇作家在戲劇中的地位。當導演們找尋新的表現形式的時候，劇作家也需要去找尋新的劇作法，誠然劇作家們各人有各人自己的道路，我這裡講的無非是我個人的經驗與設想。

我認爲這種新鮮的劇作首先應該是戲劇的，然後才又是文學的。也就是說劇作主要是表演的藝術，是劇場裡的藝術，因而得有一種劇場性，一種公衆的遊戲或儀式的性質。它不以再現現實生活爲己任，其所謂戲劇性既不建立在日常生活的悲歡離合上，也不靠性格或觀念的衝突，是凡包含動作或作爲動作的延伸的過程，諸如變化、對比、發現與驚奇，都可以構成某種戲劇性。廣而言之，只要在舞台上或劇場裡實現一個流動的過程，像音樂一樣，行雲流水，或是，瞬息變幻，出現各種不同的景象和意念，像電影畫面的剪輯，這種能構成視覺和聽覺感受的過程，便都具有某種戲劇性。只要認識到演員的表演並不受現實生活中的通常的時間與空間觀念的約束，正如東方傳統戲曲中的那種表演，天上地下，人鬼神仙，內心的活動與想像的場景，演員在光光的舞台上憑藉形體和心理的技巧都可以得到表現，那麼戲劇演員的表現便取得了和語言一樣極大的自由，與之相應的新鮮的劇作法便不難想像。

我還認爲觀衆到劇場來並非爲了思辨。我主張把思辨不妨還給哲學家，而把感知留給戲劇。戲劇中的人物不服從理性的尺度，理性與非理性很難說哪個具有更多的眞實。眞實倒更爲普遍存在於理性與非理性之外，無論用哪種尺度都難以衡量。荒誕與合理都是人類自身的品格，並非是思辨的結果。戲劇中展示的正是這超乎理性與非理性的人的狀態，任何評價都顯得多餘。如果避免不了評價的話，也只能是一種感知，一個表達。這可以來自觀衆，也可以來自演員，甚至可從不同的角度，從觀衆，也從演員給劇作一種結構。這種觀點或評價應該說毫不包括理性的或倫理的尺度，它僅僅是一個投視的角度，像一個在混沌中飄浮的球體，上下左右的方向只按所處的地位得以確定。這又不是一種固定不變的座標，它可以由劇作家選定。而劇作無非是建立一個這樣的座標系，用以確定劇中的人物以及人物之間的種種關係。戲劇中這種活生生的關係自然超越種種蒼白的觀念。

觀衆到劇場裡來，並非僅僅娛樂。藝術之區別於娛樂在於給人以智慧。智慧不同於觀念。觀念可以有多種多樣的方式得以闡述，並非要仰仗戲劇。戲劇也不必去解釋觀念，藝術只存在於理性的邊沿，凡被理性的光圈照亮之處，藝術便消失了。哲學家們努力去擴大理性的光圈的時候，藝術便只好從哲學家神聖的光圈下逃往幽冥之中。戲劇，毋寧說給觀衆一種洞察力，讓觀衆自己照亮自己。未來的戲劇對劇場性和戲劇性的追求無非是提供某種感知的方式，借此達到某種境界，讓直覺和悟性得以透視人靈魂中的幽冥之處。

未來的劇作不能因爲重視戲劇的表現形式便犧牲語言，對純粹的戲劇手段的追求並不一定導致削弱劇作的文學性。所謂文學性通常指的是運用語言的藝術，而通常的一種誤解往往把語言的藝術等同於文學的寫作。戲劇中的語言不同於一般的文學語言之處，在於它是一種有聲的語言，一種更符合語言本性的語言。它不僅僅是由符號概念組成的符號體系，作爲觀念和情感的載體，還有音響，訴諸聽覺，它在劇場中成為一種直觀。超現實主義詩歌和荒誕戲劇固然大大豐富和發展了現代語言，但語言的表現力還遠未窮盡。

正如從原始的戲劇中可以找到現代戲劇的生命力一樣，從語言的原始狀態中也可以找到現代戲劇已經喪失了的語言的許多表現力。如果說現代詩人是現代語言的創造者的話，不如說他們創造的主要是供閱讀的書面語言，那種需要反覆咀嚼靠智力來喚起聯想的意象的語言。而戲劇所需要的並非是這種智力的語言，恰恰要回到語言的聽覺的直感上去。換言之，它要求的是首先訴諸音響、感覺、有強烈的傳導能力、便於直接交流的毫不費解的語言。中國元代的雜劇和明代的南戲的一些劇作家，曾經從民間活的口語中創造出這類生動活潑富於音響的戲劇語言。而這種語言的更原始狀態至今仍活在未經文人加工整理改造過的民歌和巫師的咒語中，也還部分保留在說唱藝術的相聲和評彈中。我不是說現代戲劇只需要撿回這種民間的不受語法規範的活生生的口語就夠了，而是說要恢復現代戲劇中被濫用燈光和音響手段所敗壞了的語言的胃口，去重新發現現代人的語言的色香味，並且進而創造一種現代的戲劇語言，它將在劇場裡恢復語言從誕生起就擁有的魔力與魅力，用以釋放人心中潛在的意願、混沌狀態的感受和瀰漫開來的情緒的磁場，達到更爲充分更爲直接的感染和交流。

這種語言顯然是舞台上形體和視覺的語言所不能替代的，而又同它密切聯繫在一起。這種語言的實現當然不能只靠劇作家的劇本，還必須在劇場裡通過導演和表演來體現。因此，我以爲，我們面臨的未來的戲劇的時代，該是一個劇作家和導演、演員通力合作的時代。

（本文是作者在瑞典諾貝爾基金會與瑞典皇家劇院一九八八年舉辦的「斯特林堡，奧尼爾與當代戲劇」國際學術討論會上的發言）

高行健創作年表

一九四〇年　生於江西贛州，祖籍江蘇泰州。

一九五七年　畢業於南京市第十中學（前金陵大學附中）。

一九六二年　畢業於北京外國語學院法語系，從事翻譯。

一九七〇年　下放農村勞動。

一九七五年　回到北京，重操舊業。

一九七九年　作為中國作家代表團的翻譯陪同巴金出訪法國。

一九八〇年　〈寒夜的星辰〉（中篇小說），廣州《花城》一九八〇年總第二期刊載。

《現代小說技巧初探》（論著），廣州《隨筆》月刊一九八〇年初開始連載。

〈法蘭西現代文學的痛苦〉（論文），武漢《外國文學研究》一九八〇年第一期刊載。

〈法國現代派人民詩人普列維爾和他的歌詞集〉（評論），廣州《花城》一九八〇年第五期刊載。

〈巴金在巴黎〉（散文），北京《當代》一九八〇年創刊號刊載。

作爲中國作家代表團成員出訪法國和義大利。

一九八一年

〈有隻鴿子叫紅唇兒〉（中篇小說），上海《收穫》一九八一年第三期刊載。

〈朋友〉（短篇小說），河南《莽原》一九八一年第二期刊載。

〈雨雪及其他〉（短篇小說），北京《醜小鴨》一九八一年第七期刊載。

《現代小說技巧初探》（論著），廣州花城出版社出版。

〈義大利隨想曲〉（散文），廣州《花城》一九八一年第三期。

《現代小說技巧初探》再版，引起大陸文學界關於現代主義與現實主義的爭論。

一九八二年

《絕對信號》（劇作），北京《十月》一九八二年第五期刊載。

北京人民藝術劇院首演，導演林兆華，演出逾百場，引起爭論。

全國上十個劇團紛紛上演。

〈路上〉（短篇小說），北京《人民文學》一九八二年第九期刊載。

〈海上〉（短篇小說），《醜小鴨》一九八二年第九期刊載。

〈二十五年後〉（短篇小說），上海《文匯月刊》一九八二年第十一期刊載。

〈談小說觀與小說技巧〉（論文），南京《鍾山》一九八二年第六期刊載。

一九八三年

〈談現代小說與讀者的關係〉（隨筆），成都《青年作家》一九八三年第三期。

〈談冷抒情與反抒情〉（隨筆），河南《文學知識》一九八三年第三期。

〈質樸與純淨〉（隨筆），上海《文學報》一九八三年五月十九日刊載。

〈花環〉（短篇小說），上海《文匯月刊》一九八三年第五期刊載。

〈圓恩寺〉（短篇小說），大連《海燕》一九八三年第八期刊載。

〈母親〉（短篇小說），北京《十月》一九八三年第四期刊載。

〈河那邊〉（短篇小說），南京《鍾山》一九八三年第六期刊載。

〈鞋匠和他的女兒〉（短篇小說），成都《青年作家》一九八三年第三期刊載。

〈論戲劇觀〉（論文），上海《戲劇界》一九八三年第一期刊載。

〈談多聲部戲劇試驗〉（創作談），北京《戲劇電影報》一九八三年第二十五期。

〈談現代戲劇手段〉、〈談劇場性〉、〈談戲劇性〉、〈動作與過程〉、〈時間與空間〉、〈談假定性〉等一系列關於戲劇理論的文章，在廣州《隨筆》上從一九八三年第一期連載到第六期，之後中斷。

《車站》（劇作），北京《十月》一九八三年第三期刊載。北京人民藝術劇院首演，導演林兆華，隨後被禁演。作者在「清除精神汙染運動」中受到批判，不得發表作品近一年之久。其間，作者沿長江流域漫遊，行程達一萬五千公里。

香港英文《譯叢》（*Renditions*）同年刊載《車站》的部分節譯，譯者白杰明。

一九八四年

〈花豆〉（短篇小說），北京《人民文學》一九八四年第九期刊載。作者重新得以發表作品。

《現代折子戲》（劇作）：〈模仿者〉、〈躲雨〉、〈行路難〉、〈喀巴拉山口〉（四折），南京《鍾山》一九八四年第四期刊載。

南斯拉夫上演《車站》，匈牙利電台廣播該劇。

〈有隻鴿子叫紅唇兒〉（中篇小說集），北京十月文藝出版社出版。

〈我的戲劇觀〉（創作談），北京《戲劇論叢》一九八四年第四期刊載。

一九八五年

《獨白》（劇作），北京《新劇本》第一期刊載。

《野人》（劇作），北京《十月》一九八五年第二期刊載。北京人民藝術劇院首演，導演林兆華，再度引起爭論。

《花豆》（電影劇本），北京《醜小鴨》一九八五年第一、二期連載。

〈侮辱〉（短篇小說），成都《青年作家》一九八五年第七期刊載。

〈公園裡〉（短篇小說），《南方文學》一九八五年第四期刊載。

〈車禍〉（短篇小說），《福建文學》一九八五年第五期刊載。

〈無題〉（短篇小說），《小說周報》一九八五年第一期刊載。

〈尹光中、高行健繪畫陶塑展〉在北京人民藝術劇院展出。

〈野人和我〉（創作談），北京《戲劇電影報》一九八五年第十九期刊載。

〈我與布萊希特〉（隨筆），北京《青藝》一九八五年增刊刊載。

《高行健戲劇集》，北京，群眾出版社出版。

北京人民藝術劇院《絕對信號》劇組編輯的《《絕對信號》的藝術探索》由中國戲劇出版社出版。

應聯邦德國文藝學會柏林藝術計劃（D.A.A.D）邀請赴德，在柏林市倍達寧藝術之家（Bertiner Kunsterhaus Bethanien）舉行個人作品朗誦會及個人畫展。

應法國外交部及文化部邀請兩次赴法，在巴黎沙育國家人民劇院（Théâtre National de Chaillot）舉行他的戲劇創作討論會，作者作了題爲〈要甚麼樣的戲劇〉的報告。

應倫敦國際戲劇節邀請赴英。

應維也納市史密德文化中心（Alte Schmide）邀請，舉行他的作品朗誦會及個人畫展。

應丹麥阿胡斯大學，德國波洪大學、波恩大學、柏林自由大學、烏茨堡大學、海德堡大學邀請，分別舉行他的個人創作報告會。

一九八六年

《彼岸》（劇作），北京《十月》一九八六年第五期刊載。

〈要甚麼樣的戲劇〉（論文），北京《文藝研究》一九八六年第四期刊載。該文法文譯文發表在巴黎出版的《想像》雜誌（*L'Imaginaire*）同年第一期。

〈評格洛多夫斯基的「邁向質樸戲劇」〉（評論），《戲劇報》一九八六年第七期刊載。
〈談戲曲不要改革與要改革〉（論文），北京《戲曲研究》一九八六年總第二十一期刊載。
〈給我老爺買魚竿〉（短篇小說），北京《人民文學》一九八六年第九期刊載。
法國《世界報》（*Le Monde*）一九八六年五月十九日刊載〈公園裡〉法譯文，譯者保羅·彭塞（Paul Poncet）。
匈牙利《外國文學》雜誌刊載《車站》匈牙利文譯文，譯者鮑洛尼。

一九八七年

法國里爾（Lille），北方省文化局舉辦他個人畫展。
〈京華夜談〉（戲劇創作談），南京《鍾山》刊載。
瑞典皇家劇院（Kungliga Dramatiska Teatern）首演《現代折子戲》中的一折〈躲雨〉，導演彼得·瓦爾癸斯特（Peter Wahtqvist）譯者馬悅然院士（Prof. Göran Malmqvist）。
英國利茨（Litz）戲劇工作室演出《車站》。
法國《當代短篇小說》（*Brèves*）第二十三期刊載〈母親〉法文譯文，譯者保羅·彭塞（Paul Poncet）。

應聯邦德國莫拉特藝術研究所（Morat Institut für Kunst und Kunstwissenschaft）邀請赴德藝術創作，轉而居留巴黎。

一九八八年

《對一種現代戲劇的追求》（論文集），北京，中國戲劇出版社出版。

《給我老爺買魚竿》（短篇小說集），台北，聯合文學出版社出版。

〈遲到了的現代主義與當今中國文學〉（論文），北京《文學評論》一九八八年第三期刊載。

應新加坡「戲劇營」邀請，舉行講座，談他的試驗戲劇。

台北《聯合文學》一九八八年總第四十一期轉載《彼岸》及〈要甚麼樣的戲劇〉。

《冥城》（劇作），香港舞蹈團首演，導演江青。

德國漢堡塔里亞劇院（Thalia Theater, Hamburg）演出《野人》，導演林兆華。

英國愛丁堡皇家劇院（Royal Lyceum Theatre, Edinburgh）舉行《野人》排演朗誦會。

法國馬賽國立劇院（Théâtre National de Marseille）舉行《野人》朗誦會。

德國布洛克梅耶出版社出版（Brockmeyer）《車站》德譯本，譯者顧彬教授（Prof. Wolfgang Kubin）。

德國布洛克梅耶出版社出版（Brockmeyer）《野人》德譯本，譯者巴思婷（Monica Basting）。

瑞典論壇出版社（Forum）出版他的戲劇和短篇小說集《給我老爺買魚竿》，譯者馬悅然院士（Prof. Göran Malmqvist）。

義大利《言語叢刊》（*In Forma Di Parole*）刊載《車站》義文譯文，譯者達里埃·克利查（Daniéle Crisà）。

瑞典東方博物館（Ostasiatiska Museet）舉行他個人畫展。

法國瓦特盧市文化中心（Office Municipal des Beaux - Arts et de la Culture, Wattrelos）舉辦他個人畫展。

一九八九年

應美國亞洲文化基金會邀請赴美。

《聲聲慢變奏》（舞蹈劇場節目），由江青在紐約哥根漢現代藝術博物館（Guggenheim Museum, New York）演出。

天安門事件之後，宣佈退出中共，接受義大利 *LA STAMPA* 日報、法國電視五台和法《南方》（*Le Sud*）雜誌採訪，抗議中共當局血腥鎮壓。

瑞典克拉普魯斯畫廊（Krapperrus Konsthall）舉行「高行健、王春麗聯展」。

參加在巴黎大皇宮美術館（Grand Palais）舉辦的「具象批評派沙龍」（Figuration Critique）一九八九年秋季展。

台北《女性人》一九八九年二月創刊號刊載《冥城》。

許國榮編輯的《高行健戲劇研究》，北京中國戲劇出版社出版。

德國 *Diehotena* 雜誌發表《車站》，譯者阿爾姆特·李希特（Almut Richter）。

一九九〇年

台北《女性人》一九九〇年九月號刊載〈聲聲慢變奏〉。

《逃亡》（劇作），斯特哥爾摩，《今天》一九九〇年第一期刊載。

〈要甚麼樣的劇作〉（論文），美國，《廣場》一九九〇年第二期刊載。該文英譯文收在瑞典同年出版的諾貝爾學術論叢（Nobel Symposium）第七十二期《斯特林堡、奧尼爾與現代戲劇》論文集中。

《靈山》（長篇小說節選），台北《聯合報》聯合副刊十一月二十三、二十四日刊載。

〈我主張一種冷的文學〉，台北《中時晚報》副刊時代文學八月十二日刊載。

〈逃亡與文學〉（隨筆），台北《中時晚報》副刊時代文學十月二十一日刊載。

台灣國立藝術學院在台北首演《彼岸》，導演陳玲玲。

奧地利開心劇團（Wiener Unterhaltungs Theater）在維也納上演《車站》，導演昂塞姆·利普根斯（Anselm Lipgens），譯者顧彬教授（Prof. Wolfgan Kubin）。

香港海豹劇團在香港上演《野人》，導演羅卡。

參加在巴黎大皇宮美術館（Grand Palais）舉辦的「具象批評派沙龍」（Figuration Critique）一九九〇年秋季展。

參加「具象批評派沙龍」一九九〇年莫斯科、聖彼得堡巡迴展。

法國馬賽，中國之光協會（Lumièere de Chine, Marseille）舉辦高行健個人畫展。

美國《亞洲戲劇》（Asian Theatre Journal）一九九〇年第二期刊載《野人》英文譯文，譯者布魯諾·盧比賽克（Bruno Roubicec）。

《靈山》（長篇小說），台北聯經出版事業公司出版。

〈瞬間〉（短篇小說），台北，《中時晚報》副刊時代文學第七十四期九月一日刊載。

一九九一年

〈關於「逃亡」〉，台北，《聯合報》副刊一九九一年六月十七日刊載。

〈巴黎隨筆〉，美國，《廣場》第四期刊載。

《生死界》（劇本，法國文化部定購劇目），斯特哥爾摩，《今天》一九九一年第一期刊載。

北京中國青年出版社出版的《逃亡「精英」》，編者按把《逃亡》作爲反動作品，收入該書。作者被中共當局公開點名批判，開除工職和中共黨籍並查封他在北京的住房。

瑞典斯特哥爾摩大學舉辦《靈山》的討論會上，作者作了題爲〈文學與玄學，關於「靈山」〉的報告。

瑞典皇家劇院舉辦他的創作《逃亡》與《獨白》朗誦會與報告會。作者發表聲明，有生之年不再回到極權專制下的中國。台灣《聯合報》九一年六月十七日發表了題爲〈關於「逃亡」〉的這一聲明。

日本 JICC 出版社的短篇小說集《紙上的四月》刊載〈瞬間〉日文譯文，宮尾正樹譯。

參加在巴黎大皇宮美術館（Grand Palais）舉辦的「具象批評派沙龍」（Figuration Critique）一九九一年秋季展。

法國朗布耶交匯畫廊（Espace d'Art Contemporain Confluence,

Rambouillet）舉辦他個人畫展。

巴黎第七大學舉辦的亞洲當代文學戲劇討論會作者作了題爲〈我的戲劇我的鑰匙〉的報告。

德國文藝學會柏林藝術計畫（D. A. A. D）主辦的中德作家藝術家「光流」交流活動舉辦了《生死界》的朗誦會。

〈隔日黃花〉（隨筆），美國，《民主中國》一九九二年二月總第八期刊載。

一九九二年

法國馬賽亞洲中心（Centre d'Asie, Marseille）舉辦他個人畫展。

應法國聖納賽爾市外國劇作家之家（Maison des Auteurs de Théâtre Etrangers, Saint-Herblain）邀請，寫作劇本《對話與反詰》。

瑞典皇家劇院（Kungliga Dramatiska Teatern）在斯特哥爾摩首演《逃亡》，導演比約·格拉納特（Björn Granath），譯者馬悅然院士（Prof. Göran Malmqvist）。

應瑞典倫德大學邀請，舉行報告會，題爲「海外中國文學面臨的困境」。

英國倫敦當代藝術中心（Institut of Contemporary Arts, London）舉辦《逃亡》朗誦會，並應邀在倫敦大學和利茨大學分別舉行題爲〈中國流亡文學的困境〉和〈我的戲劇〉報告會。

英國 BBC 電台廣播《逃亡》。

法國麥茨市藍圈當代藝術畫廊（Le Cercle Bleu, Espace D'Art Contemporain, Metz）舉行他個人畫展。

法國政府授予他「文藝騎士」勛章（Chevalier de l'Ordre des Arts et des Lettres）。

奧地利瞬間劇團（Theater des Augenblicks, Wien）在維也納首演〈對話與反詰〉，由作者執導。譯者阿歷山得娜・哈特曼（Alexandra Hartmann）。

德國紐倫堡城市劇院（Nürnberg Theater, Nürnberg）上演《逃亡》，由約漢那斯・克利特（Johannes Klett）執導，譯者賀爾姆特・福斯特——拉茲，瑪麗——露利斯・拉茲（Helmut Foster－Latsch, Marie－Luise Latsch）。

瑞典論壇出版社（Forum）在斯特哥爾摩出版《靈山》瑞典文版，譯者馬悅然院士（Prof. Göran Malmqvist）。

比利時朗斯曼出版社（Lansman）出版《逃亡》法文版，譯者米歇爾・基約（Michèle Guyot）。

法國利茂日國際法語藝術節（Festival International des Francophonies, Limoges）舉行《逃亡》朗誦會。

台灣果陀劇場上演《絕對信號》，導演梁志明。

台灣文化生活新知出版社出版的《潮來的時候》一書，收入他的短篇小說〈瞬間〉。

〈中國流亡文學的困境〉一文香港《明報月刊》一九九二年十月號發表。

〈文學與玄學，關於「靈山」〉一文《今天》一九九二年第三期刊載。

德國布魯克梅耶出版社（Brockmeyer）出版《逃亡》德文版，譯者賀爾姆特·淨士德—拉茲，瑪麗—露伊斯·拉茲（Hetmut Foster－Latsch, Marie－Luise Latsch）。

德國海德堡大學舉辦的中國當代文學討論會上，作者發表講話，題爲〈漢語的危機〉。

德國《遠東文學》雜誌（*Hefte für Ostasiatische Literatur*）總期次第十三期刊載《生死界》德文譯文，譯者荷內·馬克（René Mark）。

一九九三年

法國雷諾——巴羅特圓環劇院（Renaud－Barrault Théâtre Le Rond－Point, Paris）在巴黎首演《生死界》，導演阿蘭·第馬爾（Alain

Timàr）。

法國雷諾—巴羅特圓環劇院和法國戲劇實驗研究院（Académie Expérimentate des Thèatres）舉行他的戲劇文學創作討論會。

法國布爾日文化之家（Maison de la Culture de Bourges）舉辦他個人大型畫展。

比利時朗斯曼出版社（Lansman）出版《生死界》法文版。

比利時宮邸劇場舉行《逃亡》一劇的排演朗誦會。

比利時布魯塞爾大學舉行他的戲劇創作報告會。

法國菲利普·畢基葉出版社（Philippe Piquier）《二十世紀遠東文學》（*Litterature d'Extrême – Orient au XX Siècle*）論文集收入〈我的戲劇我的鑰匙〉一文，譯者安妮·居安（Annie Curien）。

法國阿維農戲劇節（Festival de Théâtre d'Avignon）作爲入選劇目，再度上演《生死界》。

法國博馬舍基金會（Beaumarchais）定購他的新劇作《夜遊神》。

德國阿森·海克薩宮畫廊（Galerie Hexagone, Aachen）舉辦他個人畫展。

法國阿維農·主教塔藝術畫廊（Galerie d'Art de la Tour des Cardinaux,

Avignon）舉行他個人畫展。

德國 Henschel Theater 出版社出版中國當代戲劇選，收入《車站》另一譯本，譯者安佳·格萊波夫（Anja Gleboff）。

應瑞典斯特哥爾摩大學邀請參加「國家、社會、個人」學術討論會，發表論文〈個人的聲音〉，香港《明報月刊》一九九三年第八期刊載時標題改爲「國家迷信與個人癲狂」。

劇作《對話與反詰》，《今天》雜誌一九九三年第二期刊載。

澳大利亞雪尼大學演出中心邀請他本人執導《生死界》，英譯者喬·瑞雷（Jo. Riley）。

澳大利亞雪尼大學舉行他的戲劇創作報告會。

香港中文大學中國文化研究所舉辦他的講座「中國當代戲劇在西方，理論與實踐」。〈色彩的交響——評趙無極的畫〉一文，香港《二十一世紀》一九九三年第十期刊載。

比利時 *Kreatief* 文學季刊一九九三年 Nos¾合刊刊載〈海上〉、〈給我老爺買魚竿〉、〈二十五年後〉弗拉芒文譯文，譯者柏密歌（Mieke Bougers）。

〈談我的畫〉一文，香港《明報月刊》一九九三年第十期刊載。

法國 *Sapriphage* 文學期刊一九九三年七月號刊載《靈山》節譯，譯者杜特萊（Noël Dutrait）。

法國文化電台（Radio France－Culture）衛星廣播《生死界》全劇在法演出實況。

應台灣《聯合報》文化基金會邀請，參加「四十年來的中國文學」學術討論會，發表論文〈沒有主義〉一文。

一九九四年

〈中國戲劇在西方：理論與實踐〉一文在香港《二十一世紀》一九九四年一月號發表。

〈我說刺蝟〉（現代歌謠）在台灣《現代詩》一九九四年春季號發表。

〈當代西方藝往何處去？〉一文在香港《二十一世紀》一九九四年四月號發表。

《山海經傳》劇作由香港天地圖書出版公司出版。

《對話與反詰》劇作中法文對照本由法國 M.E.E.T 出版社出版，譯者安妮·居安（Annie Curien）。

法國愛克斯大學舉行《靈山》朗誦會。

法國聖愛爾布蘭外國劇作家之家舉行《對話與反詰》劇本朗誦會。

法國麥茨藍圈當代藝術畫廊舉辦他的畫展。

義大利迪奧尼西亞（Dionisia）世界當代劇作戲劇節演出《生死界》，由他本人執導。

德國法蘭克福文學之家舉行《靈山》朗誦會。

德國法蘭克福 Mousonturm 藝術之家舉行《生死界》朗誦會。

瑞典，皇家劇院出版瑞典文版《高行健戲劇集》，收入他十個劇本，譯者馬悅然院士（Göran Malmquist）。

比利時，朗斯曼出版社（Editions Lansman）出版《夜遊神》法文本，該劇本獲法語共同體一九九四年圖書獎。

法國，國家圖書出版中心（Le Centre national du Livre de la France）贊助並預定他的新劇作《周末四重奏》。

波蘭，波茨南，波蘭國家劇院（Teatr Polski W, Poznan）演出《逃亡》，譯者與導演 Edward Wojtaszek。該劇院同時舉辦他的個人畫展。

法國，RA劇團（La Compagnie RA）演出《逃亡》，導演 Madelaine Gautiche。

日本，晚成書房出版《中國現代戲曲集》第一集，收入《逃亡》一劇，譯者瀨戶宏教授。

一九九五年　香港，演藝學院（Academy for Perfoming Arts）演出《彼岸》，作者本人執導。

香港，《文藝報》五月創刊號轉載〈沒有主義〉一文。

香港，《聯合報》五月二十一日）發表〈「彼岸」導演後記〉一文。

法國，圖爾市國立戲劇中心（Le Centre national dramatique de Tours）再度演出《逃亡》。

法國，黎明出版社（Editions L'Aube）九月出版《靈山》法譯本，諾埃勒·杜特萊和利麗亞娜·杜特萊合譯（Noël Dutrait, Liliane Dutait）。法新社（France Information）作爲重要新聞廣播了該書出版消息，評爲中國當代文學的一部巨著。法國《世界報》（*Le Monde*）、《費加羅報》（*Le Figaro*）、《解放報》（*Libération*）、《快報》（*L'Express*）、《影視新聞》周刊（*Télérama*）等各大報刊均給予該書很高評價。

法國，巴黎秋天藝術節由詩人之家（Maison de la Poésie）舉行他的詩歌朗誦會，有二百年歷史的莫里哀劇院（Théâtre Molière）修復，巴黎市長剪彩，以劇作《對話與反詰》的排演朗誦會作爲開幕式，作者本人導演，法蘭西喜劇院著名演員 Michael Lonsdale 主演。

台灣，臺北市立美術館舉行他個人畫展，並出版畫冊《高行健水墨作品》。

台灣，帝教出版社出版「高行健戲劇六種」（第一集《彼岸》、第二集《冥城》、第三集《山海經傳》、第四集《逃亡》、第五集《生死界》、第六集，《對話與反詰》），並出版胡耀恆教授的論著《百年耕耘的豐收》，作爲附錄。

日本，晚成書房出版《中國現代戲曲集》第二集，收入《車站》，譯者飯塚容教授。

一九九六年

法國，格羅諾布爾市創作研究文化中心（Centre de Création de Recherche et des Cultures, Grenoble）舉行《周末四重奏》朗誦會。

法國，愛克斯—普羅望斯市圖書館（Cité du Livre, Ville d'Aix－en－Provence）舉行《靈山》朗誦及討論會。

法國，愛克斯—普羅望斯大學與市立圖書館舉行中國當代文學討論會，並舉行《夜遊神》一劇的排演朗誦會。作者作了題爲〈現代漢語與文學寫作〉的發言。

法國音樂電台（Radio France Musique）舉辦「《靈山》與音樂」三小時的專題節目，朗誦小說的部分章節並舉行與小說寫作有關的現場直播的音樂會。

法國文化電台（Radio France Culture）舉辦一個半小時的作者專題節目並朗誦《靈山》的部分章節。

盧森堡，Galerie du Palais de la Justice 舉辦他的個人畫展。

法國，麥茨藍圈畫廊（le Cercle bleu, Metz）舉辦他的個人畫展。

法國，主教塔藝術畫廊（Galerie d'art la Tour des Cardinaux, L'Isle－sur－la－Sorgue）舉辦他的個人畫展。

香港，藝倡畫廊舉辦他的個人畫展。

台灣，《中央日報》舉辦的「百年來中國文學學術研討會」作者作了題爲「中國現代戲劇的回顧與展望」的發言，該文由《中央日報》副刊發表（一九九六年九月十六、十七、十八日）。

瑞典，烏拉夫·伯爾梅國際交流中心（Olof Palmes Internationella Centrum）與斯特哥爾摩大學中文系舉辦的「溝通：面向世界的中國文學」研討會上作者作了題爲「爲甚麼寫作？」的發言。（香港社會思想出版社出版該研討會論文集，收入其中。）

比利時，國際人權組織（Amnesty International）的文化委員會（Commission Culturelle）舉辦《逃亡》一劇的朗誦會。

香港，天地圖書有限公司出版他的論文集《沒有主義》。

香港，新世紀出版社出版作品集《周末四重奏》。

法國，《詩刊》（*La Poésie* 一九九六年十月號，總期次 No.64）發表〈我說刺猬〉法譯文，譯者安尼・居安（Annie curien）。

澳大利亞，悉尼科技大學國際研究學院、悉尼大學中文系與法文系分別舉行了題爲「批評的含意」、「談《靈山》的寫作」與「我在法國的生活與創作」三場報告會。

波蘭，米葉斯基劇院（Teatr Miejski, Gdynia）上演《生死界》，譯者與導演 Edward Wojtasjek.

日本，神戶市龍之會劇團演出《逃亡》，譯者瀨戶宏，導演深津篤史。

《澳大利亞東方學會雜誌》（*Journal of the Oriental Society of Australia*, Vols 27&28, 1995－96）發表〈沒有主義〉英譯文，譯者 Mabel Lee。

一九九七年

美國藍鶴劇團（Blue Heron Theatre）與長江劇團（Yang Tze Repertory Theatre of America 在紐約新城市劇場（Theatre for New City）上演《生死界》，英譯者 Dr. Joanna Chan M.M.，作者本人導演。

美國，紐約，The Gallery Schimmel Center for The Arts, Pace

University 舉行他的水墨畫展。

美國，華盛頓自由亞洲電台（Radio Free Asia）中文廣播《生死界》。

法國首屆「中國年獎」（Le Prix du Nouvel An chinois）授予《靈山》作者。

法國文化電台（Radio France Culture）廣播《逃亡》。

法國，黎明出版社（Editions L'Aube）出版短篇小說集《給我老爺買魚竿》，Noël Dutrait 和 Liliane Dutrait 合譯。

法國，電視五台（TV 5）介紹《給我老爺買魚竿》及《靈山》，播放對作者專訪節目。劇作《八月雪》脫稿。

法國，黎明出版社（Ediions l'Aube）出版作者與法國作家 Denis Bourgeois 對談錄《盡可能貼近真事——論寫作》一書（*Au plus près du réel*）。

一九九八年

香港，科技大學藝術中心和人文學部邀請他舉行講座與座談會，香港藝倡畫廊同時舉辦他個人的畫展。

法國，主教塔藝術畫廊（Galerie d'art, la Tour des Cardinaux, L'Isle－sur－la－Sorgue）舉辦他的個人畫展。

法國，藍圈畫廊（Le Cercle bleu, Metz）舉辦他的個人畫展。

法國，Art 4畫廊舉辦（Caen）他的個人畫展。

巴黎，盧浮宮古董與藝術品國際雙年展銷會（XIXe Biennale Internationale des Antiquaires de Louvre）他的畫作參展。

倫敦，Michael Goedhuis 畫廊舉辦他和另外兩位藝術家三人聯展。

法國 Voix richard meier 藝術出版社出版他的繪畫筆記《墨與光》一書。

日本，平凡社出版《現代中國短篇集》（藤井省三教授編）收入他的《逃亡》一劇（瀨戶宏教授譯）。

日本，晚成書坊出版《中國現代戲劇集》第三集，收入《絕對信號》，瀨戶宏教授譯。

日本，東京俳優座劇團演出《逃亡》，導演高岸未朝。

羅馬尼亞，Théâtre de Clujy 演出《車站》，導演 Gabor Tompa。

貝寧，L'Atelier Nomade 劇團在貝寧與象牙海岸巡迴演出《逃亡》，導演 Alougbine Dine。

法國，Le Panta Théâtre 劇院（Caen）舉行《生死界》劇作朗誦會。

法國，利茅日國際法語藝術節（Festival International des Francophonies, Limoges）排演朗誦《夜遊神》，導演 Jean Claude –

Idée。

法國，Compagnie du Palimpseste 劇團將他的《生死界》與杜拉斯和韓克等人的作品改編成 *Alice, les mermeilles* 演出，編導 Stéphane Vérité。

法國文化電台（Radio France Culture）廣播演出《對話與反詰》，導演 Myron Neerson。

巴黎，世界文化學院（L'Académie mondiale des culrures）舉行「記憶與遺忘」國際學術研討會；他應邀作了「中國知識分子的流亡」的報告。該文（La Mémoire de l'exilé）收在 Grasset 出版社一九九九年出版的 *Pourquoi se souvenir* 論文集中。

法國，愛克斯—普羅望斯大學出版社出版《中國文學導讀》（*La Littérature chinoise, Etat des lieux et mode d'emploi*）一書收入他的〈現代漢語與文學寫作〉一文，Noël Dutrait 譯。

法國，《世界報》（*Le Monde*）請他撰寫的〈自由精神——我的法國〉（L'Esprit de liberté, ma France）一文在該報發表（一九八八年三月二十日）。

台灣，聯經出版社出版《一個人的聖經》。

一九九九年　比利時朗斯曼出版社（Editions Lansman）出版《周末四重奏》法文本。

德國，Edition cathay band 40出版社出版《對話與反詰》德譯本，Sascha Hartman 譯。

《香港戲劇學刊》第一期由香港戲劇工程出版，收入〈現代漢語與文學寫作〉一文。

法國，卡西斯春天書展（Prinptemp du Livre, Cassis）的開幕式舉辦他的個人畫展。

法國，紀念已故的法國詩人 René Chard 的「詩人的足跡」詩歌節，朗誦他的劇作《周末四重奏》，並由主教塔畫廊（L'isle – sur – la – Sorgue）舉辦他的個人畫展。

香港，中文大學出版社（The Chinese University Press）出版英譯本劇作集（*The Other Shore*）收入《彼岸》、《生死界》、《對話與反詰》、《夜遊神》、《周末四重奏》五個劇本，譯者方梓勳教授（Gilbert C.F.Fong）。

法國，阿維農市場劇場（Théâtre des Halles, Avignon）上演他的劇作《夜遊神》，導演 Alain Timar。

法國，波爾多的莫理哀劇場（Scène Molière d'Aqitaine, Bordeau）演出《對話與反詰》，作者導演。

日本，橫濱「月光舍」劇團演出《車站》。

由法國文化部南方文化局和那普樂藝術協會邀請與贊助他在地中海濱那普樂城堡（Château de la Napoule）寫藝術論著《另一種美學》。

二〇〇〇年

澳大利亞，哈普克林出版社（HarperCollins Publishers）出版《靈山》英譯本，譯者 Mabel Lee。

法國，黎明出版社（Editions l'Aube）出版《一個人的聖經》法譯本，Noël dutrait 教授和 Liliane Dutrait 合譯。

瑞典，大西洋出版社（Editions Atlantis）出版《一個人的聖經》瑞典文版，譯者馬悅然院士（Göran Malmqvist）

法國文化部定購的劇作〈叩問死亡〉脫稿。

義大利，羅馬市授予他費羅尼亞文學獎（Premio letterario Feronia）

瑞典學院授予他諾貝爾文學獎，他作了題爲〈文學的理由〉的答謝演講。

法國文化電台（Radio France Culture）廣播《周末四重奏》全劇。

法國，盧浮宮舉辦的巴黎藝術大展（Art Paris, Carrousel du Louvre）

他的畫參展。
德國，弗萊堡的莫哈特藝術研究所（Morat－Institut fur Kunst und Kunstwissenshaft）和巴登—巴登的巴若斯畫廊（Galerie Franc Pagès, Baden－baden）都分別舉行了他的個展。
瑞典電台（Sveriges Rdio）廣播《獨白》。
法國席哈克總統親自提名授予他國家榮譽騎士勛章。

二〇〇一年

台灣，聯經出版社《八月雪》、《周末四重奏》、《沒有主義》和藝術畫冊《另一種美學》。
台灣，《聯合文學》轉載《夜遊神》，《聯合報》系舉辦《夜遊神》朗誦會。
香港，天地圖書有限公司出版《靈山》和《一個人的聖經》的簡體字版。
香港，明報出版社出版《文學的理由》和《高行健劇本選》。
法國，富拉瑪麗容出版社（Editions Flammarion）出版《另一種美學》的法譯本，Noël Dutrait 教授和 Liliane dutrait 合譯。
法國，阿維農市政府在大主教宮（Palais des Papes, Avignon）舉辦他的水墨畫的大型回顧展。阿維農戲劇節期間，同時上演了《對話與反詰》和《生死界》。

德國文藝學會柏林藝術計劃（D.A.A.D.）舉行《夜遊神》朗誦會。

比利時，朗斯曼出版社（Editions Lansman）出版法文版的《高行健戲劇集之一》，已絕版的法譯本的《對話與反詰》也由該社重新出版。

瑞典皇家劇院上演《生死界》。

瑞典大西洋出版社出版瑞典文《高行健戲劇集》，收入《生死界》、《對話與反詰》、《夜遊神》、《周末四重奏》，譯者馬悅然院士（Goran Malmqvist）。

台灣，亞洲藝術中心舉辦他的畫展並出版他的水墨畫冊。

台灣，歷史博物館舉辦「墨與光——高行健近作展」。

台灣，聯合文學出版社，出版《高行健短篇小說集》（《給我老爺買魚竿》增訂版）。

此外，他的作品的數十種譯文的譯本在世界各國正陸續出版。

高行健戲劇集 004

彼岸

作　　者／高行健
發 行 人／張寶琴

總 編 輯／周昭翡
主　　編／蕭仁豪
資深編輯／尹蓓芳
編　　輯／林劭璜
美術設計／周玉卿
資深美編／戴榮芝
校　　對／吳美滿　辜輝龍　馬文穎　張清志　高行健
業務部總經理／李文吉
行銷企劃／林孟璇
發行專員／簡聖峰
財 務 部／趙玉瑩　韋秀英
人事行政組／李懷瑩
版權管理／蕭仁豪

法律顧問／理律法律事務所
陳長文律師、蔣大中律師

出 版 者／聯合文學出版社股份有限公司
地　　址／(110)臺北市基隆路一段 178 號 10 樓
電　　話／(02)27666759 轉 5107
傳　　真／(02)27567914
郵撥帳號／ 17623526 聯合文學出版社股份有限公司
登 記 證／行政院新聞局局版臺業字第 6109 號
網　　址／http://unitas.udngroup.com.tw
E-mail:unitas@udngroup.com.tw

印 刷 廠／百通科技股份有限公司
總 經 銷／聯合發行股份有限公司
地　　址／(231)新北市新店區寶橋路235巷6弄6號2樓
電　　話／(02)29178022

出版日期／ 2001 年 10 月　初版
2021 年　4 月 9 日　初版三刷第一次
定　　價／ 160 元

ISBN 957-522-359-4（套裝）
ISBN 957-522-351-9（平裝）